Author
進行諸島
Illustration
風花風花
8
転生賢者の異世界ライフ
～第二の職業を得て、世界最強になりました～

このぼうし、強いやつー?
かぶっておけばいいの~?
…え?

ああ。魔法転送——
『解呪・極』

……でかいな。
ユージが待っていると、
一隻の船がゆっくり港へと入ってくる。

さ、魚の魔物っスか⁉
た…助けてほしいッス‼

哈ッ
なるほど――こいつらがサメか。
海を泳ぐプラウド・ウルフを狙うサメに
エンシェント・ライノが咆哮を浴びせる!!

Tensei Kenja
no Isekai life

contents

第一章
P003

第二章
P024

第三章
P059

第四章
P078

第五章
P119

第六章
P136

第七章
P158

第八章
P195

第九章
P220

転生賢者の異世界ライフ
～第二の職業を得て、世界最強になりました～

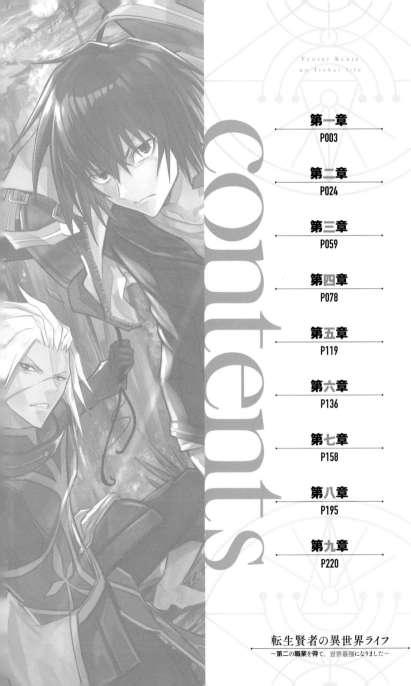

転生賢者の異世界ライフ

～第二の職業を得て、世界最強になりました～

8

Author
進行諸島

Illustration
風花風花

Tensei Kenja
no Isekai life

第一章

chapter 01

Tensei Kenja no Isekai life

魔物討伐《とうばつ》の依頼を受け、森へと入っていった俺《おれ》たちのパーティーが出会ったのは、古代の魔物エンシェント・ライノだった。

エンシェント・ライノは言葉が通じたため、テイムして話を聞くことにしたのだが……。

そこで彼が語ったのは、滅《ほろ》ぼされる世界を救うためには『神霊召喚《しんれいしょうかん》』という儀式によって、『黒き破滅《はめつ》の竜』を倒せる力を持った人間を呼ぶ必要があるとの話だった。

問題は、その『神霊召喚』という儀式が、すでに失敗したということだ。

もしエンシェント・ライノが言っていることが本当であれば、この世界はすでに滅びが確定しているということになる。

『その儀式、失敗したって聞いたんだが……』

『失敗した？　誰《だれ》から聞いた話だ？』

『教会の偉い人だ。神霊召喚にも参加したらしい』

『ふむ……その話が本当であれば、かなりまずい状況だな。もはや打つ手はないかもしれん』

……打つ手はないとか言われても困るんだが。

一体どうしろというのか。

『まあ、この世界はすでに一度滅んでいるのだろう？　それで『神霊召喚』の儀式を行えるまでに文明が発達したのなら、竜がもたらす滅びも永遠のものではないということだ。また世界が元に戻るまで、気長に待つとしよう』

『お前の時間感覚で言わないでくれ』

どうやらエンシェント・ライノと人間の間には、時間に関する感覚の大きな差があるようだ。

一度崩壊した文明が元に戻るのを待つって……何千年とか、どんなに短くても何百年とかいうスパンの話だよな。

その頃《ころ》には俺はとっくに死んでいる……というか、まず文明が滅ぶ時に死ぬ気がする。

とりあえず、滅びを受け入れるのはやめておくとして……。

まずは、情報源について聞くところからだな。

確かにエンシェント・ライノは強かった。

ステータスに表示された呪《のろ》いの数々も、彼が世界が滅ぶ前に封印されたという話にふさわしいものだ。

だからといって、彼が言っていることが信用できるとは限らない。

何しろ、エンシェント・ライノがいた時代の世界は、すでに滅んでいるのだ。

『助かる方法は一つしかない』などという話を、滅んだ世界の奴《やつ》に言われてもあまり説得力がない。

本当に当時の人間が真竜《しんりゅう》について『助かる方法は一つだけだ』などと断言できるほどの知識を持っていたのであれば、滅んだりはしなかった気もするし。

『ちなみにその『神霊召喚』しか助かる方法がないって話は、どこで聞いたんだ？』

『私がいた……封印される前の時代の人間に聞いた。私は昔、人間と悪くない関係を築いていた時期があったんだが……神霊召喚の候補地に、私が住んでいた森が選ばれてな。儀式の必要性について説明してもらい、納得した上で移住したのだ』


なるほど。要は立ち退《の》き交渉みたいなものか。

エンシェント・ライノがいた時代は、魔物相手にも説明をして平和的に立ち退いてもらっていたんだな……。


今では考えられない話だ。

そもそもテイマー自体がとても少ないようなので、魔物が何か言っていたとしても気付かないのかもしれないが……テイマーの少なさだけで説明がつくような話じゃないな。

今の世界で崇《あが》められているバオルザードのように、エンシェント・ライノが特別な魔物として扱われていたのかもしれないが、まあそのあたりは一旦《いったん》置いておこう。

今重要なのは、神霊召喚についての話だ。

『神霊召喚で、実際に世界が助かったところを見たのか？』

『ああ。『黒き破滅の竜』との戦闘自体は見られなかったが、戦いが終わった後で『黒き破滅の竜』の死体を運んでくる神霊ディエスの姿を、私は確かに見た』

ディエス……初めて聞く名前だな。

『……助かったなら、なんで前の世界は残ってないんだ？』

世界が一度滅んだ後だという話は、バオルザードから聞いた。

バオルザードは真竜の出現時期のみならず、『赤き先触《さきぶ》れの竜』が現れる場所までピタリと言い当てたので、情報源としてはかなり信用できるとみていいだろう。

もし滅んでいないのだったら、当時の情報がもっと残っていていいはずだし。

つまり……世界は確実に、一度滅んでいる。

もし『黒き破滅の竜』を倒したという話が本当なら、それこそお先真《ま》っ暗《くら》だ。

竜を倒しても、滅びは回避できなかったということなのだから。

当時と同じ姿の人類が残っていたり、当時の知識を持ったバオルザードが今も生きているところを見る限り、前の世界は『完全に滅んだ』わけではないのだろうが、全滅するのもちょっとだけ残るのも、俺にとってはあまり変わらない話だからな。

滅ぶ世界でたまたま生き残れるほど運がよければ、俺は最初からブラック企業などにはいなかったはずだし。

竜を倒しても世界が滅んだのだとしたら、その理由はなんだろう。

対策可能なものだろうか。

いっそ宇宙にでも活路を求めて、魔法で動く宇宙船でも開発すべきだろうか。

などと思案する俺を前に、エンシェント・ライノはなんでもないことであるかのように口を開いた。

『ああ、いや。何事もなく残っていたぞ。どのくらいの長さだったか……少なくとも数百年か、もしかしたら1000年以上経《た》っていたかもしれん。私が封印されるまでの間、文明は何事もなく存続し続けた。むしろ真竜が出る前より平和だったくらいだな』

『……その後で、滅んだのか？』

『ユージが言っていた『世界は一度滅んだ』という話が正しいなら、そういうことになるな。私はその前に封印されてしまったから、実際に滅んだところは見ていないが……森の様子がここまで変わったとなれば、滅んだというのも納得がいく』

なるほど。そういうことか。
エンシェント・ライノが言っていた『世界は助かった』という話、バオルザードの『世界は滅んだ』という話は、恐らくどちらも正しい。

古代の世界では、『黒き破滅の竜』が2回出現したのだ。
神霊ディィエスによって、世界を滅ぼす前に倒されたのが1回目。
そしてバオルザードが言っていた——つまり、前の世界を滅ぼした『黒き破滅の竜』は、2回目だというわけだ。

この『1回目』『2回目』などという言い方が正しいのかどうかは分からない。

エンシェント・ライノが知る中では1回目かもしれないが、もしかしたらこの世界ではすでに何十回と『黒き破滅の竜』が現れ、何度も滅びを迎えながら今の状態があるのかもしれない。

『しかし……まさか本当に滅ぶとはな。真竜の気配を感じて忠告に行った私に、呪いをかけて封印した時点で嫌な予感はしていたが……それでも何とか滅びは免《まぬが》れるものだと思っておったわ』

『忠告？　目を覚《さ》ますために、街で暴《あば》れたとか言ってなかったか？』

『最終的にはそういうことになったが、元々は平和的に伝えに行ったはずだった。……ほんの数百年間行かなかっただけで、言葉の通じる奴がいなくなっているとは思わなかったがな』

言葉が伝わらなかったのか……。

まあ、エンシェント・ライノの時間感覚を聞いていると、確かにテイマーが減ったり増えたりの変化くらいはあってもよさそうだよな。

人間同士の言葉なら数百年では変わらないだろうが、エンシェント・ライノのような魔物の言葉を理解しようと思えば、スキルが必要になるだろうし。

だが……。

『それで、なんで街を壊したんだ？』

『なに、簡単なことよ。……街を壊すと、人が集まってくるだろう？』

『……まあ、止めようとはするよな。黙って壊されるわけにもいかないし』

『それを狙《ねら》ったんだ。人が集まれば、一人くらいは言葉が分かるかもしれないと思ってな』

なんて乱暴なやり方だ。

こういうところは、人間と魔物の感覚の違いだろうか。

もし言葉が分かる奴が出てきたとしても、街を壊した奴の話なんて聞いてくれない気がするのだが……。

『それで、街を一つ滅ぼしたのか？』

『ああ。話の分かる奴が出てくるまでにするつもりだったのだが……いつまで経っても出てこないから、気付いたら街一つ滅ぼしてしまったわ。少々悪いことをしたかもしれん……』

あ、こいつ危険だ。
一人で暴れるぶんにはまだいいが、こいつは俺がテイムした魔物だからな。
もし暴れたりすれば、俺の責任になってしまう。
それは困る。

『少々じゃないな。とても悪いことだな』

『だが待ってほしい。死者が出ないよう、私は細心の注意を払って壊したぞ？　民間人の避難が終わっていない区域は後回しにしたり、避難した奴らを襲おうとした魔物を倒して回ったりな。……あれほど人助けをした日は初めてかもしれん』

『その助けが必要になったの、お前のせいだろ……』

『……すまん。ちょっと暴れれば、民間人は問題なく避難するものだと思っていたんだ。私が知っている人間の街というものは、何か起きれば10分で避難完了するのが当然だったからな。まさかあそこまで平和ボケしているとは……』

なるほど。

数百年も平和な時代が続けば、そりゃ避難のしかたなんて分からなくなるよな。

というかエンシェント・ライノが人間と仲良くしていた時期が、特別に危険だったのかもしれないが。

そのあたりを考えると、エンシェント・ライノは悪くない……というのは言いすぎだな。

たとえ世界の滅びがかかっていようとも、平和的に伝えられる話なら平和的に伝えたほうがいいだろう。

というか、たまたまその街にテイマーがいなかっただけで、他の街には話の分かる奴がいたとかいうオチじゃないよな。

もしかして、エンシェント・ライノがもうちょっと平和的にテイマーを探していたら、前の世界は滅ばなかったんじゃないだろうか……そんな気すらしてしまう。

『とりあえず、俺の許可なく人間に暴力を振るうのは禁止な。あと人工物を勝手に壊すのもダメだ』

『主《あるじ》が言うなら、そうしよう。幸い今は、話の通じる人間がいるしな』

『ああ。平和的に頼む』

こうは言っているが、監視の目は外さないほうがよさそうだな。

話を聞いている限り悪気はなさそうなので、ダメなことはダメだと伝えておけば問題は起きない気もするが……かといって、安心して放し飼いにできるかというと、絶対に無理だ。

まあ、背中にスライムを乗せておいてもらえば、何かあっても『魔法転送』で対処できるだろうから、あまり心配しすぎないでもいい気はするが。

『で……この呪いは全部、その時に受けたものなんだな？』

『そうだ。一通り壊し終わった後で、誰か出てくるのを待っていたのだが……不意打ちで動けなくなったところに、怪しげな呪具を次々と叩《たた》き込まれてな。次に目を覚ました時には、目が見えないわ体は重いわで、最早ここまでかと思ったものだ』

『凄《すさ》まじい量の呪いだからな……。むしろ死ななかったのが不思議なくらいだ』

『ああ。ユージのお陰で死期は延びた感じがするが、どのみち長くはないだろうな。随分《ずいぶん》と厄介《やっかい》な呪いをかけてくれたものだ』

色々と聞きたいことはあるが、まずはエンシェント・ライノの呪いをなんとかしてやりたいところだ。

『視覚遮断《しゃだん》』の呪いが解けていないので、今は目も見えないみたいだし。

『命を助けられるかは分からないが……とりあえずやってみよう。せめて目だけでも見えるようにしたいところだな』

『む？　解呪《かいじゅ》はさっきやったのではなかったか？』

『ああ。『解呪・極《きわみ》』を使った。だが、まだまだ呪いは残っているからな』

そう告《つ》げながら俺は、エンシェント・ライノのステータスを確認する。

HP：4．7／5
状態：第一種封印禁呪《きんじゅ》『永劫縛鎖《えいごうばくさ》』、第二種封印禁呪『生命喪失』、知覚制限魔法『視覚遮断』、行動制限魔法——

1回目の解呪で、HPの最大値は5になった。

とはいえまだまだ呪いは残っているし、特に『永劫縛鎖』『生命喪失』あたりはヤバそうだ。

『……『解呪・極』で解けない呪いなら、どうやろうと無理だろう。そもそも『解呪・極』より強力な解呪魔法など、使えるのか？』

『そんな魔法がもしあるなら、名前だけでも教えてくれ。使えるかもしれない』

俺は大量の魔法書を（スライムと共に）読んだおかげで、大量の魔法を覚えている。

『終焉《しゅうえん》の業火《ごうか》』や『破空《はくう》の神雷《しんらい》』なども、そうして手に入れた魔法だ。


手持ちの魔法の中には、まだまだ強力なものがあるかもしれない。

そう考えつつも俺は、手持ちの魔法のほとんどを使ったことがないまま放置している。

その理由は、強力すぎる魔法が出てくる可能性があるからだ。


終焉の業火がいい例だろう。

今でこそ威力を把握できているから、俺はあの魔法を適切な場面で使うことができる。

だが、もし俺が『手持ちの魔法は把握しておきたいし、とりあえず片っ端から撃ってみよう……』などといって街の近くで試し撃ちでもしていたら、まさに大惨事《だいさんじ》としか言いようがない状況になっていただろう。

下手《へた》をすれば数万人単位の死者が出てもおかしくはないし、俺自身すら巻き込まれて死ぬ可能性があった。


そういう意味では、この世界に来てすぐドラゴンに襲われたのは幸運だったな。

偶然とはいえ、極《きわ》めて強力で危険な魔法の効果を把握できるようになったのは、あの時のお陰だ。

あれがなければ俺は、ギルドの試験などで『終焉の業火』をぶっ放すことになったかもしれない。

と、そんなわけで俺は、できるだけ知らない魔法を使わないようにしているのだ。

名前だけでも分かれば効果の予想がつくようになるので、恐らく使っても大丈夫なのだが。

『いや、知らんな。大規模儀式なら、『解呪・極』より強いものもいくつかあったように思うが……そもそも私はそこまで魔法に詳しいほうじゃない。魔法省にでも問い合わせたほうがいいんじゃないか?』

『残念ながら魔法省なんて組織は、今の世界にはない。他の国にはあるのかもしれないが、少なくともこの国にはない』

『……そうか。私が知る世界はもう、この世にはないんだったな……』

とりあえずエンシェント・ライノは『解呪・極』以上に強力な解呪魔法を知らないようだな。

ならば仕方ない。

それはそれで、試せる方法はあるし。

『分かった。じゃあ『解呪・極』を強化する方向で試してみよう』

『強化……？　そんなことができるのか？』

『ああ。色々と便利な魔法があってな』

そう言って俺は、スライムの中から聖属性適性を持った者を探す。

するとちょうどよく、12段階強化のスライムが見つかった。

『魔法を転送するから、ちょっとこっちに来てくれ』

『わかったー！』

そう言ってスライムが、俺の手元へと寄ってきた。
俺はそれを確認してから、魔法を発動する。

「魔法転送——解呪・極」

魔法を唱《とな》えると同時に、スライムとエンシェント・ライノが凄まじい輝きを放った。
まるで太陽でも直視したかのような、圧倒的な光量だ。

『ぎゃー!』

『まぶしいー!　……あれ?　まぶしくない?』

あまりの光の強さに、スライムたちが悲鳴を上げる。
だが……スライムたちが言う通り、確かに光の強さのせいで『眩《まぶ》しい』と錯覚しそうになるのだが、不思議と眩しくはない。
それどころか、むしろこの光からは優しさすら感じる。

どうやら聖属性というのは、そういうもののようだ。

まあ、『解呪・極』も普通に使うぶんには、こんなに光ったりはしないのだが。

俺はそんなことを考えながら、ステータスを確認する。

ＨＰ：９４５６／１２６１７
状態：第一種封印禁呪『永劫縛鎖』、第二種封印禁呪『生命喪失』、禁呪『禁呪核』

数えきれないほどあった呪いが、たった3つに減っている。

『禁呪』と名前のついた、厄介そうなものばかり残ったが……ＨＰがかなり増えたのを見る限り、かなり効果はあったとみていいだろう。

『だいぶ呪いは消えた気がするが、どうだ？』

『……目が、目が見えるぞ！　もう二度と光など見られないと思っていたが、まさか見えるようになるとは……感謝するぞ、主よ！』


そう言ってエンシェント・ライノが、嬉《うれ》しそうにあたりを見回す。

知覚制限魔法『視覚遮断』が消えていたので、恐らくそのおかげだろうな。

今まで落ち着いていたエンシェント・ライノがここまではしゃぐとは……どうやら余程嬉しかったようだ。


まあ、気付いたら世界は滅んでいて、新しい世界に放り込まれていたんだもんな。

そのうえ目まで見えないとなれば、もはや絶望的と言っていい。

それが解決したと考えると、狂喜するのも全《まった》く無理はないか。

『それで、体の調子はどうだ？』

『最高に素晴《すば》らしい。当面のところは、全《まった》く問題なく動けるだろう。主《あるじ》よ』

……解呪《かいじゅ》してから、『主よ』って言われるようになった気がする。
これはエンシェント・ライノの主として、ちゃんと認められたということだろうか。

まあ、今はもっと重要なことがある。一旦《いったん》置いておこう。
さっきのエンシェント・ライノの言葉には、少し気になる点があったのだ。

『『当面のところは』問題なく動ける……ってことは、この先は分からないのか？』

『分からん。だが……まだ体の芯《しん》に重い感じというか、段々と命がすり減るような嫌な感じがあるのだ』

なるほど。

命がすり減るというと……第二種封印禁呪《きんじゅ》『生命喪失』とやらの影響だろうか。

『多分、『生命喪失』っていう呪《のろ》いの影響だな。呪いの名前だけは、テイマーのスキルで分かるんだが……どんな魔法か知ってるか？』

『すまない主、聞いたことのない魔法だ……。禁呪にも色々あるから、マイナーなものは知らんのだ』

『色々っていうか……まず禁呪って何だ？　今の世界では聞いたことがないぞ』

禁呪。

名前からすると禁じられている呪いなのだろうが、そもそも誰《だれ》が禁じたというのか。

当時の魔法省とかだとしたら、今の世界では別に『禁呪』でも何でもないことになる。

『第一種封印禁呪』だの『第二種封印禁呪』だのと名前がついているあたり、恐らくどこかの役所とかがつけたような名前だろう。

ステータス画面に表示されている名前がどこで使われていたものかは分からないが、少なくとも嘘《うそ》は書いていないはずだし。

まあ、実は今の世界でも禁呪扱いされている呪いがあって、俺《おれ》がそれを知らないだけという可能性もあるが。

『禁呪というのは、政府関係者などが特別な許可を得た場合以外での使用を禁じられた魔法のことだ。少なくとも、私がいた頃《ころ》の世界ではそうだった』

『つまり魔法の分類というよりは、法律上の区分ってことか』

『ああ。知り合いが、よく使っていた魔法を禁呪指定されてしまって、狩りが不便になったと嘆いていたな。傷口からの出血を増やす禁呪なんだが……あれは血抜きに重宝したらしい』

……なるほど。狩った魔物の血抜きに使われるような魔法もあるのか。

ということは禁呪だからといって、必ずしも強力な魔法だとは限らないんだな。

『ところで、第一種や第二種って区分の意味も分かるか？』

『第一種や第二種は、特に強力な禁呪につけられる区分だな。まあ第一種や第二種の禁呪など、数十人がかりの儀式魔法で発動させるような代物だ。私ごとき魔物の動きを封じるのには使うまいよ』

『それが、かかってるんだよな……』

どうやらエンシェント・ライノにかかっている禁呪は、随分《ずいぶん》と御大層な代物だったようだ。道理で、強化した『解呪・極《きわみ》』でも解けなかったわけだ。

『……なんと。確かに私を囲んだ連中の中に、ひときわ強力な呪具を持っている者が2名ほどいたような気がするが……もしかしてそれか？』

『そうかもしれない。第一種封印禁呪『永劫縛鎖《えいごうばくさ》』と第二種封印禁呪『生命喪失』……あと、『禁呪核』っていう魔法がかかってるな』

『永劫縛鎖だと⁉』

エンシェント・ライノが驚きの声を上げた。

どうやら心当たりのある魔法のようだ。

『知ってる魔法なのか？』

『……有名な禁呪だからな。そうか、体が重いのはそういうことか』

『どんな禁呪なんだ？　名前の割には、随分と素早《すばや》く動けていた気がするが……』

ガイアたちに突進した時のエンシェント・ライノの素早さは、とても『体が重い』などというレベルではなかった。

目で追うことすら難しい速度の突進をしながら『体が重い』などと言うのなら、元々は音速くらいだったのだろうか。

『ああ、別にあの魔法は体を封じるわけじゃないからな。封じるのは主に魔力だ』

『魔物相手に魔力を封じて、意味があるのか？』

『意味はある。魔法を使える人間に比べれば、影響は小さいが……私たちのような魔物は、体が負ったダメージの修復に魔力を使う。それが使えなくなるということは、ゆっくりと死んでいくのと同じだ。生物はただ生きているだけでも、少しずつ体にダメージを負っていくものだからな』

なるほど。
人間の場合は栄養さえあれば回復はできるが……魔物の場合はまた違うのか。

『……お前が硬すぎて殺せないから、少しずつでも力を削《けず》ろうとしたのかもしれないな』

『そういうことだろうな。『永劫縛鎖』がかかっていると分かった以上、私に残された時間はそう長くないはずだ。封印が解けて動けるようになったからこそ、体への負担は大きくなるからな。激しい戦闘など、何度やれるか分からないが……主に救ってもらった命だ。必要な場面があれば、遠慮なく使ってほしい』

どうやらエンシェント・ライノは、死を受け入れるつもりのようだ。

動かないでじっとしていれば長生きできるのかもしれないが、そのつもりはないようだな。

俺も真竜《しんりゅう》などが相手となれば余裕はないので、いざとなればエンシェント・ライノの寿命が縮むのを承知で戦ってもらうかもしれない。

大陸が滅《ほろ》ぶのとエンシェント・ライノの寿命が縮むのの、どっちが大事かと言われれば、さすがに大陸を選ばざるを得ないし。

とはいえ、それは解呪ができなければの話だ。

俺は別に解呪をあきらめたわけではない。

『分かった。解呪に失敗したら、必要な時以外はおとなしくしていてくれ』

『……まるでほんの少しでも、解呪に成功する可能性があるみたいな言い方だな。無理だと思うぞ』

『そんなに解呪が難しい呪いなのか？』

『『永劫縛鎖』が有名なのは、まさにそこだ。効果だけでいえば『永劫縛鎖』より強力で殺傷力の高い呪いはいくらでもある。だが『永劫縛鎖』は、解呪ができないんだ。未来永劫《みらいえいごう》、どんな方法を使ってもな』

ああ、それで『永劫縛鎖』なんて名前がついてるのか。
永劫に解けないから、永劫縛鎖……といった感じだろうか。
もっと分かりやすく『永久に解けない魔力封印』とか名前をつけてほしいものだが……。

『それ、本当に解けないのか？』

『私が知る限り、解呪に成功したという話は一つもないな。力技で緩《ゆる》めたという話なら聞くが』

『……力技で緩めた？』

『ああ。数百人規模の魔法部隊を用意して、超大規模な儀式魔法を使って『永劫縛鎖』を解呪しようとしたらしい。一応被験者は、低威力な魔法くらいなら扱えるようになったらしいぞ。……元々は世界最強とも呼ばれた魔法使いだから、力のうちほとんどは失われたままだがな』

そこまでして、緩まった程度かよ……。

『緩めた』という状態が何を意味するのかは分からないが、完全に解けなくてもエンシェント・ライノにとっては意味の大きい話だな。

普通に過ごしていて蓄積するダメージを回復する程度なら大した魔力はいらないだろうし、『低威力な魔法くらいなら扱える』ほどの魔力でも、あるのとないのでは大違いだろうし。

『まあ、こっちでも力技を試してみよう。儀式魔法ほどの出力は出ないと思うが……少しでも緩めば儲《もう》けものって感じだな』

『確かに、ほんの少しでも呪いが緩めば死ぬことはなくなりそうだ。しかし『解呪・極』のような高位魔法を連続で使って大丈夫なのか？』

『このくらいなら問題はない。とはいえ……普通の使い方ではやらないけどな』

属性魔法適性を持ったスライムに『魔法転送』してもダメだったとなると、まだまだ出力不足ということだろう。

『儀式魔法』なんてものの使い方は知らないが、必要な人数からして凄《すさ》まじい出力の魔法なのだろうし。

だが、俺の解呪にもまだ強化の余地がある。

やれるだけはやってみようじゃないか。

『これをかぶっておいてくれ』

俺はそう言って、スライムに防具をかぶせた。

ファイア・ドラゴンの宝玉《ほうぎょく》から作ってもらった、魔物防具。

ただ装着するだけで、『魔法転送』の威力を大幅に向上させる代物だ。

『えっと……これ、強いやつー？』

『ああ。ファイア・ドラゴンの宝玉から作った防具だ』

属性魔法適性と、ファイア・ドラゴンの宝玉の併用。
2つの材料が揃《そろ》えば誰もが思いつく組み合わせだが……実はこれを使うのは初めてだ。
『終焉の業火《しゅうえんのごうか》』あたりと組み合わせれば凄まじい、俺自身の身すら危険に晒《さら》されかねない威力になるであろうことは分かるが……試していない一番の理由は、安全性ではない。

この魔物防具、壊れる可能性があるのだ。

俺が魔法転送を使っても、恐らくスライム自身に負担がかかることはない。
今までスライム経由で『終焉の業火』などの魔法を撃ったことは何度もあるが、スライムに何かあったようなケースは皆無だからな。

だが、魔物防具は違う。
俺はファイア・ドラゴンの下位種の宝玉を材料として、魔物防具を作ってもらったことがある。

その防具は、火球を魔法転送した時に、負担に耐えきれず壊れた。

つまり魔法転送は、魔物防具に負担をかけるということだ。


もちろんファイア・ドラゴンは歩くだけで川すら蒸発させるような力を持ち、『永久凍土の呪詛《じゅそ》』を使わなければ倒せなかった、強力な魔物だ。

得られた宝玉の強度も、下位種とは比べ物にならないだろう。

普通の魔法を転送した程度では、魔物防具はびくともしない……と思いたい。


だが上位の魔法となると、また話が変わってくる。

たとえば『終焉の業火』は威力が強いだけではなく、極《きわ》めて攻撃範囲の広い魔法だ。

そのため1体の魔物だけを攻撃するには効率の悪い魔法ではあるが、『ケシスの短剣』によって狭い範囲に威力を収束させると、真竜すら一撃で倒すことができるような魔法でもある。


そして狭い範囲に負荷が集中するのは、恐らく魔物防具でも同じだ。

魔物防具によって魔法が強化されるのであれば、その魔力が魔物防具に集中するのは、ごく自然な現象だろう。

いくらファイア・ドラゴンの宝玉が高い強度を持っていても、その負荷に耐えられるかというと……かなり怪しいところだ。もし宝玉自体が壊れなかったとしても、それを支えている防具の部分はもっと弱い素材でできているはずなので、そちらが壊れる可能性も十分ある。

要するに、壊れるリスクが大きいというわけだ。

そして『試しに撃ってみる』には、ファイア・ドラゴンの宝玉は貴重すぎる。

たとえ1発で壊れるとしても、その1発が真竜との戦いの命運を分ける可能性もあるのだから、試し撃ちで壊してしまうのはもったいないだろう。

ということで今までは使わずに置いておいたのだが、ずっとこうしておくというわけにもいかない。

せっかくの魔物防具を全く使わず放置するというのも、それはそれで効率が悪いだろう。

『終焉の業火』クラスの魔法ならともかく、『解呪・極』くらいなら使っていきたいところだ。

ただのテストで壊すのはもったいないが、エンシェント・ライノの呪いが解ける可能性もあるし。

『防具……？　それが呪いと関係があるのか？』

『魔法を強化してくれるんだ。どのくらい威力が上がるかは、やってみないと分からないけどな』

『……今時はそんな物もあるのか。時代というのは変わるものだな……』

どうやらエンシェント・ライノが知っている時代には、このような防具はなかったようだな。

魔法書を読んだ感じだと、魔法技術そのものは今よりはるかに進んでいた時代だったようだが……もしかしたらレリオールも、こういった防具は使っていないのかもしれない。

エンシェント・ライノがいた時代はレリオールよりさらにずっと前のようなので、実際のところは分からないが。

『とりあえず解呪してみよう。結果を見てからどうするか考えればいい』

『……頼む』

『ああ。魔法転送――『解呪・極』』

ひときわ強い光が、エンシェント・ライノを包んだ。

そして、ステータスは……。

ＨＰ：７８９０１／８３４１２
状態：禁呪『禁呪核』

ヤバそうな禁呪が、２つ消えていた。

１つ残っているが……『永劫縛鎖』が解けたということは、とりあえず生命の心配は必要ないということだろうか。

などと考えながらステータスを観察していると、ＨＰが７８９０１から７８９０２になった。

回復している。

どうやら、魔物の自然回復能力が機能し始めたようだ。

『調子はどうだ？　一応ステータスからは、『永劫縛鎖』が消えたみたいだが……』

『……呪いは消えた……ような感覚はある。しかし『永劫縛鎖』だぞ？　解けるものなのか？』

どうやらエンシェント・ライノは呪いが解けたことに半信半疑のようだ。
だがステータスに書いてある内容は、信用して大丈夫だろう。
ステータスにどう読めばいいのか分からない内容が書かれることはあっても、ステータスが嘘をついたところは見たことがないし。

『まあ、かけられてから随分時間が経《た》ってたみたいだからな。元々緩んでいたところに、俺がとどめを刺しただけかもしれない』

『……緩んでいる気は、全くしなかったが……。そもそも時間で緩むような魔法なら、『永劫』などという名前はつかないはずだ』

『そうは言っても、大規模な儀式魔法じゃないと解けない魔法なんだろ？　それが俺一人の魔法で解けた以上、緩んでいたと考えるのが自然じゃないか』

『確かにそうか……。完全な状態では、まず単独解除など不可能な呪いだからな。長年封印されていたから、私のほうの感覚がおかしかったのかもしれない』

どうやらエンシェント・ライノも封印が解けたばかりで、まだまだ本調子ではないようだな。

まあ俺だって自分に封印魔法がかけられたら、その魔法が緩んでいるかどうかなどを判別できる自信はないし、分かるほうが不思議なのだが。

『しかし、今の解呪魔法は凄まじかったな。魔物防具というのは、あそこまで魔法を強化できるものなのか？』

『いや、あれは属性魔法適性を強化したスライムの手を借りて、やっと出せる威力だな。魔物防具だけでは、そこまで強くならない』

『属性魔法適性……それも新世代の技術か。眠っている間に、随分と魔物関連の技術が発展しているのだな。……私が封印された頃は、テイマーの数は随分と減っていたようだが……今はテイマーが流行《はや》りなのか？』

『いや、今もテイマーは弱い職業として扱われてるし、普通に不人気だぞ。……属性魔法適性は、かなり昔の技術みたいだしな』

などと話している間にも、エンシェント・ライノのＨＰはどんどん回復していく。

だが、１つだけ残っている禁呪が気になるな。

こうして自然に話しているところを見ると、エンシェント・ライノに自覚症状はないようだが……禁呪はまだ1つ残っている。

体調に問題がないなら放っておいてもいいかもしれないが、一応はこの魔法についても聞いておくか。

自覚症状がないタイプの病気は逆にヤバいとも聞くし。

『ところで、ステータスに1つだけ呪いが残ってるんだが……『禁呪核』ってなんだか分かるか？』

『聞いたことがない魔法だな。『永劫縛鎖』すら解除した魔法で解けないとなると、凄まじく頑丈《がんじょう》な呪いなのかもしれないが……区分は何だ？』

『区分って第一種とか、第二種とかのことか？』

ステータス画面で見ると、『永劫縛鎖』には魔法名の前に『第一種封印禁呪』と書かれていた。

だがこの『禁呪核』には、そういった詳しい情報が何も書かれていない。

ただ『禁呪』という情報が書かれているだけだ。

『ああ、その区分だ。普通は区分を判定するだけでも、かなり大規模な分析を行う必要があるのだが……ユージは見えるのだろう？』

『それが、『永劫縛鎖』とかは見えたんだが……この魔法は『禁呪』としか書かれてないんだよな。区分のない禁呪ってのもあるのか？』

『区分のない禁呪……存在するという噂《うわさ》は聞いたことがあるが、本当にあったとはな』

エンシェント・ライノの口調は、まるでこの呪いが『存在すら秘匿《ひとく》されていた』かのような言い方だ。

だが確かに、区分がついていないのに『禁呪』扱いだけはされていたのだとすると、強力な呪いだというのは想像がつくな。

大したことのない呪いなら、わざわざ存在を隠したりせず、第三種とかいうやつに分類すればいい話だろう。

さらに言えば、大したことのない呪いなら『永劫縛鎖』を解いた時、ついでとばかりに解呪されていたはずだ。

『……情報が出ないほど、ヤバい呪いってことか？』

『分からん。だが、どんな理由で区分がついていないのかは想像がつく。何らかの理由で、絶対に使用許可が下りない呪いだ。……この区分というやつはそもそも、必要な者に許可を与えるために作られたものだからな。絶対に許可が下りない魔法であれば、区分をつける必要もない』

『なるほど。理由としては、危険すぎる……とかか？　それなら普通に許可を出さなければいい気がするんだが』

『気になっているのはそこだ。ただ危険なだけの魔法なら、状況次第では許可が下りることになる。たとえ使えば1万人が死ぬ魔法でも、10万人を救うためなら使用許可が下りる可能性はあるからな。危険な割に使い道のない魔法の場合、許可が下りるようなケースは少なくなるだろうが……それにしても必要になる可能性がゼロではないなら、区分をつけておいて損はない』

『ってことは……なんで区分がないんだ？』

『分からん。ユージは何か心当たりがないか？』

心当たりって言われてもな……。
そもそも今の時代には恐らく、禁呪なんてないだろう。

話を聞く限り、禁呪というのは魔法そのものの性質を表した区分というより、単なるエンシェント・ライノがいた時代に使われていた、行政的な魔法の区分だ。
乱暴な言い方をしてしまえば、日本で灯油《とうゆ》から青酸《せいさん》カリまで、危ない物がまとめて『危険物』というくくりで扱われ、資格や許可なしに扱えなかったのと似たようなものだろう。

つまり禁呪云々《うんぬん》は法律や制度上の話であって、その時代の法律を知らない俺には知りようがない話だ。

とはいえ……それでも区分指定がない理由くらいは考えられるか。

区分を決めるのはお役所だろうし、となれば決定には多くの人数が関《かか》わり、長くて非効率なプロセスが繰り返されるはずだ。

それに振り回された結果、取引先の現場が地獄と化すのだが……それは一旦置いておこう。

今は、禁呪の話だ。

『可能性があるとすれば、存在自体を秘匿したい魔法とかじゃないか？』

『存在自体を秘匿……？　それならそれで、区分を付けた上で隠せばいいのではないか？』

『普通に考えると、そうなんだけどな……役所が絡《から》むと何かと手続きが必要になるんだ。その手続きすら人目につくから避《さ》けたいっていうのは、まあ分からないでもない』

『……人間の役所というものは、面倒《めんどう》なものなんだな。私が人間だったら、うんざりしていたかもしれない』

『安心してくれ。人間でもうんざりする』

まあ当時の役所が俺が想像しているようなものかどうかは、分からないのだが。

とはいえ禁呪のネーミング……第一種だの第二種だのといった書き方を見ていると、お役所っぽさを感じるのは事実だ。

『しかし……だとすればこの呪いは、一体誰がかけたんだ？　私を封印するために、許可が下りない魔法を使ったのか？』

『そんな理由で使うような魔法なら禁止はしないだろ。……そもそも『禁呪核』が残ってて、何か封印されてるような感覚はあるのか？』

『ないな。封印される前と全く変わらずに動ける。体調の悪さも、体が回復しない感覚もない』

ふむ。

存在が秘匿されるような禁呪なのに、影響はないのか。

なんだか不気味《ぶきみ》な気もするが、『区分のない禁呪』が存在の秘匿によるものだというのも推測に過ぎないし、気にしすぎるのもよくないか。

『もしかしたら、封印した奴《やつ》以外がかけた魔法かもしれないな。封印目的の呪いだとしたら、効果がなさすぎるし』

『ふむ……確かに封印された奴にわざわざ呪いをかける理由もないだろうし、案外私は昔から呪いを受けたまま生きていたのかもしれないな。いつからなのかは気になるところだが……まあ、気にしても仕方がなさそうだ』

『一旦置いておくか。もし何か異変を感じたら、すぐに教えてくれ』

『分かった』

とりあえず、エンシェント・ライノの呪いの件は一旦これで解決といったところか。

禁呪核なる魔法は少し気になるが、分からないものを気にしても仕方がないし。

『あ、すまない主よ。先程ひとつ嘘をついてしまった』

『嘘？』

『ああ。完全な状態の『永劫縛鎖』を解呪できるような者はいないと言ったが……考えてみると一人だけいた』

『もしかして、神霊ディエスか？』

話によると、神霊ディエスとやらは単独で黒き破滅《はめつ》の竜を倒し、世界を救ったという話だ。

黒き破滅の竜は他の真竜と別格みたいだし、それを倒せるだけの凄まじい力を持っていたのだろう。

それこそ儀式魔法で初めて出せるような威力を、単独で実現できても不思議ではない。

『ああ。そのディエスだ。ディエスは単独で永劫縛鎖を解除したという話は聞いたことがある。……まさかとは思うが、ユージも神霊か？』

『まさか。俺は人間……のはずだ』

俺は確かに、違う世界から召喚された人間だ。
だが俺はディエスと違って、儀式魔法じみた威力の魔法など使えな……いや、『終焉の業火』あたりを炎属性適性付きのスライム経由で撃ったら、そのくらいにはなるかもしれない。
しかし俺は真竜など倒せない……いや、何匹か倒したな。
それでも黒き破滅の竜は流石《さすが》に倒せ……いや、やってみないと分からないか。

……なんとなく違うということは分かるのだが、決定的な証拠がないな。
だが、そもそも神霊召喚《しんれいしょうかん》という儀式は、失敗しているはずだ。

『ふむ……そもそもユージは異世界の生まれなのか？』

『ああ。少なくとも、この世界に来たのは最近のことだ』

『では神霊ではないか。先程の冗談じみた威力の解呪魔法も、それなら説明がつく』

当然のことのように、エンシェント・ライノは言う。

だが俺は、儀式で召喚などされていない。

『いや、そう言われてもな……俺は気付いたら森にいたし、儀式の痕跡《こんせき》もなかった。まず神霊召喚は失敗したって話だし、だから、この世界に神霊がいるわけがない』

『失敗を実際に見たのでなければ、失敗を告《つ》げた者が嘘をついている可能性もあるのだが……まあ、喚《よ》ばれた者がそのことに気付いていないというのも、おかしな話だな。神霊召喚のような大規模儀式で喚ばれれば、絶対に気付くはずだ』

ふむ。

そうだよな。喚ばれといて、気付かないなんてことはないよな。

儀式をやった教会だって、わざわざ大規模な儀式で召喚した奴に何も伝えず、放っておいたりはしないだろうし。

『……ちなみに神霊召喚以外にも、異世界から人間を召喚する魔法はあるのか？』

『いくつかはあるが、実用的とは言えないだろうな。喚ばれた者は普通の人間だった上に、言葉すら通じなかったらしい。改良する計画はあったようだが……そもそも神霊召喚という魔法は、神に近い存在を呼び出せるからこそ意味がある魔法だ。ただの人間を異世界から喚んだところで、何の意味もないだろうよ』

『召喚した時に、強化されたりしないのか？』

『そんなことができるなら、素直にこの世界の兵士あたりを強化すればいい話だ。元々神に近い奴を喚べて初めて、召喚には意味がある』

これで俺が『神霊召喚』で喚ばれたんじゃないことは確定だな。
もし俺が神に近い存在とかだったら、会社の偉い人には間違いなく天罰みたいなものが下っていたはずだし。
となると、なんで俺がこんな魔法を使えるのかが気になるところだが……まあ召喚魔法でないなら多分、この世界に来たばかりの時に読んだ魔導書か何かに、そういう効果でもあったのだろう。

そんなことを考えていると、スライムたちから報告が入った。

『冒険者の人たち、ギルドに行こうとしてるー！』

『ゆーじが戻ってこないから、助けてもらうってー！』

どうやらエンシェント・ライノと長話をしていたせいで、俺は返《かえ》り討《う》ちにあったと勘違いされてしまったようだ。

このまま放っておくと、勘違いした助けが来てしまうな……。

『分かった。変なことになる前に、一旦パーティーと合流しよう』

『えっと……出番ッス……よね？』

俺の言葉を聞いて、プラウド・ウルフが姿を現した。

エンシェント・ライノとの戦いを怖がって、今まで隠れていたのだろう。戦闘ではよくあることだ。

だが……なんだかプラウド・ウルフに元気がないような気がする。

どうも何かに怯《おび》えているような感じだ。

『プラウド・ウルフ、どうかしたのか？』

『あ、やっぱり呼んでなかったッスか。し……失礼するッス』

そう言ってプラウド・ウルフは、とぼとぼともと来た道を戻っていこうとする。

移動が必要そうな気配を察して出てきただろうに、なぜ戻るのか。

『いや、パーティーに追いつくのには、お前が必要なんだが……』

スライムたちによると、パーティーは今もギルドに向かって移動中のようだ。

索敵役《さくてきやく》の俺がいなくなったこともあって、魔物を警戒しながらの移動のため、ペースはあまり速くないようだが……走って追いつけるかというと、微妙なところだ。
いつも通りプラウド・ウルフに乗って移動するつもりだったのだが、体調でも悪いのだろうか。

などという思考を、プラウド・ウルフの元気な声が遮《さえぎ》った。
先程までしょんぼりしていたプラウド・ウルフは、今や目を輝かせている。

『よかった！　クビにならないで済むッスね⁉』

『……クビ？』

『俺より脚が速くて頑丈な魔物が来たから、もういらないと思ったッス！』

『ああ、エンシェント・ライノに乗って移動すると思ったのか』

確かにプラウド・ウルフが言う通り、エンシェント・ライノの速度は凄まじい。
プラウド・ウルフが魔物防具を装備したところで、あれよりははるかに遅いだろう。

ガイアが剣を抜いた時の突進は、文字通り目にも留まらないようなものだった。

エンシェント・ライノに乗って移動すれば、それこそ1分とかからずにパーティーの元へ辿《たど》り着けそうな気もする。

『ふむ。主を背中に乗せることに異議はないが……乗っていくか？』

『……あれ？　もしかして俺、言わなくていいことを言ったッスか……？』

どうやらプラウド・ウルフは墓穴を掘ったことに気付いたようだ。

言わなきゃバレなかったのに……とでも思っているのだろう。

……まあ、プラウド・ウルフに言われる前から、エンシェント・ライノに乗って移動するというアイデア自体は、俺の頭に浮かんでいたのだが。

『やめておこう。プラウド・ウルフ、俺を乗せてパーティーに合流してくれ』

『お……俺でいいッスか⁉』

『いいも何も、最初からそのつもりだ。エンシェント・ライノに乗ってさっきのパーティーに合流してどうする』

さっき言い出さなかったのは、合流した時に俺がエンシェント・ライノに乗っていると、まず間違いなく面倒なことになるからだ。

エンシェント・ライノのテイムに成功したという話は、隠しておいたほうがいいに決まっている。

あとプラウド・ウルフの脚でも間に合うのに、エンシェント・ライノには乗りたくない。単純に危険だし。

あのスピードで木にでも激突したら、真竜に出会う前に交通事故死を遂《と》げることになりかねない。

納期ギリギリの営業マンでもあるまいし、事故ギリギリの速度を出す必要などないのだ。

頼めば速度をセーブしてくれるとは思うが、うっかり速度を出しすぎる可能性はあるし。

その点、プラウド・ウルフなら全速力で事故っても、回復魔法で治る程度の怪我《けが》で済む。

切実に速度が必要な時以外は、プラウド・ウルフで安全運転といきたいところだ。

『た、たしかにそうッスね！　任せてほしいッス！』

そう言ってプラウド・ウルフは、パーティーがいるほうに向かって走り始めた。

どうやら、クビになることへの心配は晴れたようだ。

しかし……エンシェント・ライノが真価を発揮するのは、むしろスライム運びかもしれないな。

スライムは物理的なダメージに強い生き物なので、交通事故を恐れる必要はない。

エンシェント・ライノの全速力を使えば、それこそ数分で広範囲にわたるスライム部隊を展開できるはずだ。

そんなことを考えつつ俺は、もう一つの問題を解決しにかかる。

直近に迫った、重要な問題……元々の依頼だ。

俺はエンシェント・ライノをテイムしたが、今回の依頼対象はルイジアア・ライノ。

その魔物は、まだ倒せていない……というかそもそも依頼地域にいなかったので、倒しようがなかったのだ。

だが前からここにいたエンシェント・ライノなら知っていたりするかもしれない。

さっきまで目が見えていなかったとはいえ、ガイアが剣を抜いただけで気付いて反撃を仕掛けるほど感覚が鋭かったのも事実だ。

聞くだけ聞いて損はないだろう。

『ところでエンシェント・ライノ。このあたりに、サイ系の魔物は他にいなかったか？』

『ふむ。襲ってきた魔物がいたから何匹か返《かえ》り討《う》ちにしたが、その中にいたかもしれないな』

流石《さすが》に種類までは分からないか。

だがエンシェント・ライノほど大きい魔物に喧嘩《けんか》を売る魔物は、そう多くないはずだ。

その点ルイジア・ライノはこの森の中だと最強に近い魔物だという話なので、エンシェント・ライノに喧嘩を売っていてもおかしくはない。

『死体がまだ残っていたりしたら欲しいんだが、その場所、覚えてたりしないか？　……って言っても、目が見えてなかった頃《ころ》じゃ無理か……』

『いや、歩いてきた方向は覚えている。大体の場所でよければ分かるが……私は人間と違って、物を運ぶのに向いた体ではないからな。魔法か何かで運べるか？』

『スライムを連れていってくれ。便利なスキルがある』

『……分かった。スライムが荷物を運べるという話は聞いたことがないが、ユージほどの魔法使いなら何とでもなりそうだ』

『スライムが荷物を運ぶのは、魔法じゃないけどな』

『よく分からぬが、了解した』

そう告《つ》げてスライムを背中に乗せたと同時に——エンシェント・ライノは急加速し、森の中に消えた。

試しに『感覚共有』で視界を借りてみたが、エンシェント・ライノの移動はあまりにも速すぎて、周囲の様子などとても分からない。

向こうのことはエンシェント・ライノにまかせて、魔物が見つかるのを待つか。

そう考えつつ俺《おれ》は、プラウド・ウルフとともにパーティーの後を追う。

どうやらパーティーはまだ魔物の多いエリアを抜けていないらしく、移動のペースは速くないようだ。

急ごうとはしているようだが、前衛の装備が壊れた状態で無茶をするわけにもいかないというわけだろう。


一方プラウド・ウルフはというと……。

『どくッスよ！　ユージ様のお通りッス！』


道を塞《ふさ》ごうとした弱そうな魔物を、プラウド・ウルフは上機嫌で蹴《け》り飛ばした。

小型猪《いのしし》の魔物が、悲鳴を上げながら飛んでいく。

俺を背中に乗せて移動する時、プラウド・ウルフは割とこんな感じだ。

いや、単独の時でも格下の魔物が相手ならこんな感じか。

相手が強いと途端に萎縮《いしゅく》して、どこかに隠れてしまうのだが。

ともかく、脅威《きょうい》となるような魔物がいない状況では、プラウド・ウルフはとても速い。
結果として俺たちは、あっという間にパーティーに追いついた。

『見つけたッス！』

『よくやった。このまま合流しよう』

そう言って近付いていくと、ルイドたちが振り向いた。
最初は魔物の襲撃だと勘違いしたのか、ルイドたちは武器を構えたが……俺の姿を見ると、ほっとしたような顔で武器を下ろした。

「ユージ！　生きてたのか！」

「ほら、私が言った通りじゃないですか。ユージさんほどの魔法使いが、生き残れないわけがないって」

「……そんなことを言ってたのか？」

スライムの報告では、どんな会話がされていたのかまでは分からなかったからな。

もしかしたらマーサのお陰で、パーティーが助けを呼ぶと決めるタイミングを遅らせられたのかもしれない。

だとしたらマーサには感謝しないといけないな。

勘違いで救助隊なんかを送られた日には、『極滅《きょくめつ》の業火《ごうか》』の跡地が見つかりかねないし。

まあ、冒険者が遭難《そうなん》したところで救助隊なんてものが送られるのかは分からないが。

魔物が強いと分かれば、もうちょっと規模の大きい討伐隊《とうばつたい》くらいは送ってもらえるのだろうか。

「優秀な魔法使いは、逃げに徹した時の生存能力も高いですからね。あの魔物がどのくらい強いか分からないので、倒しきれるかまでは分かりませんでしたが……死ぬことは絶対にないと思ってました」

魔法使いは剣士ほど頑丈《がんじょう》じゃなさそうだし、単独で戦えば割と簡単に死ぬものだと思っていたが……どうやらそういうわけでもなかったようだ。

しかし、俺にとってはありがたい認識だな。

エンシェント・ライノを倒しきれずに帰ってきたというのは、まさに俺がパーティーに伝えようと思っていたことだし。

「少し買いかぶりな気もするが、結果としてはその通りだ。かなりの傷は負わせたが、魔力量が減ってきたから撤退した。……エンシェント・ライノも人に危害を加えられるような状態じゃなかったから、放っておいても被害は出ないはずだ」

実はこれ、嘘《うそ》は言っていない。

エンシェント・ライノが目を覚まして会話ができる状態になる前に使った『極滅の業火』でかなりの傷は負わせたし、その時に魔力が減ったのも事実だ。

人に危害を加えるのは俺に禁止されているし、放っておいても被害が出ないのも嘘ではないだろう。

「ギルドには、もう心配はないと報告して大丈夫か？　流石にあそこまで強い魔物が出て、報告しないわけにはいかないだろう」

「ああ。もし危なそうなら、あらためてとどめを刺すことも考えなきゃいけないしな」

まあ今後被害があることは絶対にないと言っていいのだが、それを伝えるのは難しいからな。

倒したと言ってしまうと「死体はどこだ」という話になってしまうし、テイムしたとは伝えたくない。

プラウド・ウルフとは違い、エンシェント・ライノをテイムしたという話は今後も隠すつもりだ。

というのも、エンシェント・ライノは特に対人での戦闘で、切り札となる可能性がある魔物だからな。

攻撃力や頑丈さはもちろんだが、あの速度は凄《すさ》まじい武器だ。

たとえ『救済の蒼月《そうげつ》』あたりと戦うことになったとしても、エンシェント・ライノを背後から突っ込ませて適当に魔法を転送するだけで勝負がついてしまいかねない。

エンシェント・ライノの存在がバレていなければ、相手は対策の立てようもないしな。

そんなことを考えていると、エンシェント・ライノの声が聞こえた。

『主《あるじ》よ、それらしき魔物を見つけたぞ。倒した魔物ではなく、生きた魔物だが……アレではないか？』

そう言われて『感覚共有』を使って見てみると、確かにそこには、サイの魔物がいた。

念のためにステータスを確認してみると……すぐさま『ルイジア・ライノ』という名前が表示された。

どうやら当たりのようだ。

しかし、場所が……ギルドから聞いた、ルイジア・ライノの生息域からは随分《ずいぶん》外れている。

いくら探しても見当たらないのも当然だな。

探せと言われた範囲ではない場所に、魔物がいたのだから。

『随分遠くないか？』

『ああ。……この魔物、恐らく普段の縄張りを離れて動いているな』

『そんなの、見ただけで分かるのか？』

『歩き方や目線の移動で何となくな。……縄張りを守る時と、他の魔物の縄張りに入る時では、動きも違うものだ。どう違うかと言われると説明が難しいのだが……まあ、魔物のカンというやつだな』


魔物のカンか。

俺が見ても全《まった》く分からないが……魔物同士だとまた違った見え方になるんだな。

『ちなみに縄張りを離れた理由とかも分かったりするか？』

『流石に、そこまでは分からんな。知能が低い相手だと、話して尋ねることもできん』

どうやら魔物同士でも、話せる相手と話せない相手がいるようだ。

意思疎通ができず、テイムできない魔物が多いのと同じ理屈だろう。

『移動した時期だけなら大体予想がつくぞ。周囲を警戒しつつも、少しずつこの土地に慣れてきている様子を見るに……恐らく5日から1週間ほど前だな』

『5日前に起きたことに、心当たりとかはあるか？』

『分からんな。そもそも私がこのあたりに来たのが、恐らく5日ほど前だ。それより前のことはさっぱりだ』

エンシェント・ライノが来たのが5日前で、魔物が逃げたのが5～7日前。

となると……。

『……それ、お前から逃げたんじゃないか？』

エンシェント・ライノは今、遠くからルイジア・ライノを観察している。

ルイジア・ライノは、こちらの姿に気付いていない様子だ。

基本的には格下の魔物なので、索敵《さくてき》能力にも差があるのだろう。

だが、この森に来たばかりの頃、エンシェント・ライノは目が見えなかったはずだからな。

ルイジア・ライノが一方的に気付いて、勝てないことを悟《さと》り、逃げたということは十分にあり得る。

というか、他にそのタイミングで逃げる理由に心当たりがないのなら、多分そうだろう。

『む……そうかもしれん』

ギルドは悪くなかった。

そりゃ、これだけ強い魔物が近くに現れたら、誰だって縄張りを放棄《ほうき》して逃げ出すよな。

俺たちは戦うまでエンシェント・ライノの強さに気付かなかったが、魔物ならそれこそ直感で強さを理解しそうだし。

『まあ、見つかってよかった。倒して持ち帰りたいんだが……』

『分かった』

俺が最後まで言い終わらないうちに、エンシェント・ライノが地面を蹴った。

ゼロから加速したエンシェント・ライノは、獲物《ルイジア・ライノ》を角で一突きにして、そのまま木に叩《たた》きつける。

エンシェント・ライノが停止した時にはもう、獲物は息絶《いきた》えていた。

『……凄まじい威力だな。逃げたのは正しかったか』

戦いにすらならなかった。

ルイジア・ライノは、自分がなぜ死んだかを理解する暇すらなかっただろう。

逃げた選択自体は正しかったが、エンシェント・ライノの目に留まってしまったのが運の尽きだったというわけだ。

『主の魔法に比べれば、大した威力ではないがな。あの炎魔法を撃ち込めば、灰すら残らんだろう』

『まあ、魔力消費を気にしなければな』

さて……後はこの魔物を持って帰ってきてもらうだけなのだが。

このまま持ってきてもらうと、どうやって倒したのかが問題になるかもしれないな。

明らかにプラウド・ウルフなどがつけるような傷ではないし、このままだと誰《だれ》か別の者が倒したように見えそうだ。

それ自体は別に構わないのだが、下手《へた》をするとエンシェント・ライノをテイムしたとバレる糸口になるかもしれない。

それを避《さ》けたいとなると……傷口を分からなくしてしまうのが一番いいか。

『ちょっと魔物を焼くから、一旦《いったん》離れてくれ』

『焼く？』

『ああ。お前の存在は、他の人間には隠そうと思っている。角の痕跡《こんせき》を消しておきたいんだ』

『分かった。主の判断なら従おう』

そう言ってエンシェント・ライノは、倒した魔物から離れた。

俺はスライムたちも魔物から距離をとったのを確認して、魔法を唱《とな》える。

『魔法転送──火球』

俺はいつものように、魔法転送を発動した。

だが……魔法は発動しなかった。

『主、どうした？』

『魔法が発動しない。……いつも通り『魔法転送』しようとしたはずなんだが……理由は分かるか？』

エンシェント・ライノに魔法を転送するのは初めてだが、別に魔法の転送対象はスライムに限るわけではない。

プラウド・ウルフに魔法を転送した時だって、魔法は普通に発動した。

だから、他の魔物でも当然できるものだと思っていたのだが……何か条件があるのだろうか。

『魔法転送……主よ、それは名前からすると、自分の魔法をテイムした魔物に転送するような技術か？』

『ああ。初めて聞くか？』

『魔法を使えるテイマー自体、私が人間と交流した時代にはほとんどいなかったのでな。神霊ディエスはテイマーとしての力も持っていたと聞くが、具体的に何かの魔物を連れていたという話は聞かない。……となると私が知る限り、ユージ以外には使い手のいない技術だな』

なるほど。
俺以外ではレリオールが使っていた技術のはずだが……やはりエンシェント・ライノとは少し年代がずれているんだな。
もしかしたら、大昔の魔物は体の作りが違って、魔法転送に向かないのかもしれない。
それ以外の理由だとしたら……。

『もしかして、禁呪核《きんじゅかく》が関《かか》わっているんじゃないか？』

『……あり得るかもしれん。何しろ、効果も分類も一切《いっさい》不明の呪《のろ》いだからな』

『とりあえず、スライムに転送しておくか。……魔法転送——火球』


転送対象をスライムに変更したら、魔法は当然のごとく発動した。

どうやら『魔法転送』自体の不具合というわけではなく、エンシェント・ライノ側の問題で間違いないようだな。


とりあえず、エンシェント・ライノに魔法転送はできないと考えたほうがよさそうだ。

これで何か実害があるかといえば……正直なところ、あまり問題はないな。

というのも……エンシェント・ライノ自身から魔法が撃てなくても、スライムを背中に乗せてしまえばスライム経由で魔法を使えるのだ。


強《し》いて言えば、極《きわ》めて危険な環境での戦いに制約が出るくらいか。

エンシェント・ライノの頑丈さを考えれば、単独なら強烈な攻撃が飛び交うような戦場にでも突っ込ませられるが……スライムを乗せているとなるとあまり無茶はできなくなる。

まあ、防御魔法を使ってもスライムが危険にさらされるような場所にエンシェント・ライノを送り込むというのも、元々あまり気は進まない。

そういう意味では、ほぼ実害はないと言っていいだろう。

『持って帰ってきてくれ』

『わかったー！』

そう言ってスライムがルイジア・ライノを収納するのを見つつ、俺は口を開く。

プラウド・ウルフに運んできてもらう前に、パーティーに話くらいは通しておきたいところだ。

「そういえば、あいつと戦っている途中で、ルイジア・ライノを見つけたから倒しておいた。今スライムたちに運んできてもらっているから、後で届くはずだ」

「倒したって……あの化け物と戦う片手間で⁉」

「いや、倒したのはエンシェント・ライノとの戦いが終わってからだ。残った魔力で、あのくらいは倒せたからな」

「……なるほど。結局ユージ一人で十分だったってわけだな……索敵役のはずだったんだが……」

「あの魔法を見た時点でなんとなく分かってましたけど、完全にギルドのランクが間違ってますよね……」

などと話しながら、俺たちはスライムを乗せたプラウド・ウルフの到着を待った。

ちなみにエンシェント・ライノは冒険者などに見つからないように、隠蔽《いんぺい》魔法をかけて森の中にいてもらうつもりだ。

それから数時間後。

俺《おれ》たちはギルドに戻り、依頼達成を報告していた。

「はい、達成を確かに確認しました。……去年は何日もかかっていたのに、今年は随分《ずいぶん》早かったですね」

ルイドが差し出したルイジア・ライノを確認して、受付嬢がそう告《つ》げた。

魔法で黒焦《くろこ》げでも、魔物の区別はつくようだ。

「ユージが優秀だったおかげで、あっという間に済んだんだ」

「優秀な索敵者《さくてきしゃ》さんがいると、やっぱり早いですよね。どんなに強いパーティーでも、獲物を見つけなくちゃ倒せないですし」

「……今回は、戦力も関係なかったけどな」

「戦力が関係ない……どういうことですか？」

口を滑らせたガイアを、マーサが後ろからつついた。

ガイアは一瞬「しまった」と言いたげな顔をして、それから受付嬢に答える。

「い、いや……ユージのおかげで背後が取れたから、あっさり倒せたってだけだ。よく考えれば、マーサの魔法あっての討伐《とうばつ》だな、うん」

パーティーと相談して、今回の依頼は全員で……討伐に関しては、主にマーサの魔法でやったことにしてもらうと決めたのだ。

一人でやったということにすると、何かと面倒《めんどう》くさそうだからな。別にそこまで手柄が欲しいわけでもないし。

普通なら依頼成功時に討伐の経緯を聞かれたりはしないため、口裏を合わせる必要などないのだが……仲間が自分から口を滑らせるようでは困る。

「なるほど、そういうことでしたか。まさかユージさんが討伐までやってしまったのかと思いましたよ」

「そ、そんなわけないじゃないか。いくら戦えるっていっても、索敵役に戦わせるなんて、そんなこと……」

ガイアの声がだんだんと小さくなっていく。

こいつ、嘘《うそ》が下手《へた》だな……。

「ああ。俺はこいつとの戦闘に参加していないぞ」

一方俺は、嘘をついていない。

なぜならルイジア・ライノを倒したのはエンシェント・ライノであって、俺は死体をちょっと焼いただけだからだ。

「そうでしたか。ユージさんは強いみたいなので、もしかしてと思いましたが……そうですよ

ね。索敵役に戦わせませんよね、普通」

「あ、ああ。ハハハ……」

……そろそろガイアは引っ込めて、リーダーのルイドあたりにフォローしてもらったほうがいいんじゃないだろうか。

このままガイアを放っておくとボロが出る……というかボロを量産するぞ。

「こちら、報酬になります」

「あ、ああ。ありがとう」

とりあえず報酬を受け取れたということは、これ以上の追及もないだろう。

元々、追及されていたというより、勝手にガイアが自滅していただけなのだが。

どうやら無事に、報告は終わりそうだな。

そう考えたところで、受付嬢が口を開いた。

「あ、ユージさんだけちょっと残っていただけますか？　別件でお伝えしたいことがあって……」

受付嬢の言葉を聞いて、俺たちは顔を見合わせる。
もしかして、何かバレただろうか。
だが今回の依頼に関しての話なら、他のメンバーも残されるはずだ。
文字通り『別件』だと思ったほうがよさそうだな。
「分かった。じゃあ俺たちはこれで失礼しよう。一応これは渡しておく」
そう言ってルイドが袋に硬貨を入れると、俺に手渡した。
報酬の取り分は、帰り道ですでに決めてある。
話が長引く可能性もあるから、今のうちに渡しておくということだろう。
できれば、長引いてほしくないところだが……。

「ありがとう」

そう言って俺は袋を受け取ると、受付のほうに向き直った。

こんな感じでギルドに引き止められたのは初めてな気がするが、一体何があったのだろうか。

「それで、何の話だ？　悪い話じゃないといいんだが……」

「いえ。全《まった》く悪いお話ではありませんよ。ユージさんに指名依頼です」

「……指名依頼？」

どうやらエンシェント・ライノのことがバレたとかではなさそうで少し安心した。

しかし、俺に直接の指名依頼か。

ギルドから見ると俺はさほど目立たない、索敵資格はあるがランクの低いテイマーのはずなのだが……その俺にわざわざ指名依頼を出すとなると、何か裏を感じざるを得ない。

もしや『救済の蒼月《そうげつ》』あたりが、俺を罠《わな》にでもかけるつもりで出した依頼だろうか。

だとしたら断るか、あえて受けて罠をひっくり返しにかかるか……いずれにしろ、面倒なことになりそうだ。

依頼の経緯に怪しいところがあれば、受けるかどうかは真剣に考えたほうがよさそうだな。

「はい、指名依頼です。イビルドミナス島の異変に関する調査で、索敵が得意で腕も立つ人が欲しいとのことで、ユージさんに頼もうということに」

腕の立つ……？

もっとランクの高い冒険者なら、いくらでもいそうだが。

一体誰《だれ》がそんなことを言ったのだろう。

「依頼人は誰だ？」

「ギルドからの依頼なので、誰か特定の依頼人さんがいるわけではありません。ユージさんを一番強く推したのはキリア支部長のライアルドさんですけど、他にも何人も……こんなに沢山の推薦者名が書いてある依頼書、初めて見たかもしれません」


そう言って見せられた依頼書には、確かに見覚えのある名前が沢山あった。

ほとんどが、俺が行ったことのある街の支部長……ということは、罠ではなさそうだな。

オルダリオンを監視しているスライムたちからも、俺が殺害対象になったという話は聞いていないし。


しかし、この依頼が安全なものであるかどうかはまた別の話だ。

そもそも冒険者の依頼に『安全』などというものが存在するのか……という疑問はあるが、この依頼は特に危ない気がする。


というのも、依頼地の『イビルドミナス島』とやらは、ルイドが『もう一度行くくらいなら、冒険者をやめる』とまで言っていた場所そのものだからだ。

変な魔物が現れたとかのイレギュラーで危険になっている場所に行くことはあっても、普段から危険な場所というのは行ったことがない。

キリアとかは比較的危ない街みたいだが、イビルドミナス島は格が違うみたいだし。

「イビルドミナス島か……」

「気が進みませんか？」

「危ない場所だって噂《うわさ》を聞いたからな。実際どうなんだ？」

「えっと……危ない場所かどうかで言えば、絶対に危ない場所だと思います。でも……ライアルド支部長が推薦した方なら大丈夫だと思います」

危ないってことを否定はしないのか。
どうやらキリアの支部長は信用されているようだが……それだけで受けてしまっていいものかは気になるな。

「依頼は断れるのか？」

「もちろん断れます。普通の指名依頼の場合、断る人はほとんどいないんですけど……イビルドミナス島の依頼の場合、受ける人は半分くらいですね」

「そんなに危ないのか……」

「危ないということ以上に、逃げ場がないのがやっぱり敬遠される理由みたいです。島には街なんてないので、1日に2回だけ島に着く船でしか脱出できないんですよね……」

それは確かに、凄《すさ》まじい環境だな……。

二度と行きたくないと言っていた気持ちが分かるような気がする。

「街を作ったりはしないのか？　拠点くらいはあってもいい気がするんだが……」

「作ろうとしたことはあるみたいですけど、維持ができないみたいです。魔物がちょっと集まっただけで、簡単に街なんて壊されてしまうので」

「なるほど。だから壊されない『海』を壁の代わりにして、魔物を閉じ込めてるわけか」

聞けば聞くほど、ヤバそうな場所だ。

ただ、そんな場所でも冒険者がいるということは、リスクに見合うだけのリターンがあるのだろう。

別に金に困っているわけではないが、少し気になる依頼だな。

強くて頭のいい魔物がいれば、仲間になってくれるかもしれない。

それに、情報集めという意味でも、強い冒険者の集まる場所は悪くない。

「緊急事態では臨時の船も出されるので、噂ほどは危なくないんですけどね。最近は船が島の近くに待機していて、島を出たい人がいれば接岸することになっていますし」

「魔物と戦ってる途中で、船を待ってる余裕なんてないだろ……」

……問題は危険さだな。

興味本位で突っ込むには、少々危険すぎる場所な気もする。

確かに俺は昔に比べればだいぶ戦い方を覚えてはきたが、それでも冒険者歴は半年足らず……ある意味『初心者』と言っても差し支えない。

エンシェント・ライノが護衛についてくれていれば心強いが、それも頼りきりというわけにはいかないだろう。

自分なりには安全対策を打っているつもりだが、初心者の『自分なり』など、どれくらい信用できるかは分からない。

少し慣れてきたからといって油断するのは、労働災害の多いパターンだとも聞くし。

「ちなみに……依頼を受けるかどうかは、今決める必要があるのか？」

「いえ。受注期限は決められていないので、お時間が空いた時で大丈夫ですよ。一人で達成しきれるような依頼でもないようなので、他に受けられる人が現れてもユージさんの仕事はなくならないと思います」

「なるほど、ありがとう」

どうやら急いで決める必要はないようだ。

まずは『神霊召喚《しんれいしょうかん》』についてシュタイル司祭に聞いてから、この依頼のことを考えればいいいな。

彼は教会の偉い人なので、イビルドミナス島に関しても何か知っているかもしれない。

信用しきるには少しばかり怪しいが、参考になる情報をくれる人物であるのも確かだ。

シュタイル司祭は、真竜《しんりゅう》との戦いの前に『ケシスの短剣』を渡してくれた人物でもあるからな。あそこまで的確な物資提供もなかなかない。

「えっと……依頼は保留ということでしょうか？」

「ああ。悪いが保留させてくれ」

「分かりました。では、こちらの依頼書とイビルドミナス島行きの乗船許可証をお持ちください。受注はどこの支部でもできるので」

そう言って受付嬢は俺に、依頼書と『乗船許可証』なる書類を手渡そうとする。

他の支部で受注できるという話なので、依頼書を渡すのは分かるのだが……許可証まで？

「依頼は保留なんだが、許可証をもらってしまって大丈夫なのか？」

「それは依頼の受注と関係なく、ユージさんに発行されたものなので大丈夫ですよ。持っているからといって依頼受注の義務が発生したりはしないので、ご安心ください」

「依頼とは関係のない目的で、島に行ってもいいのか？」

「はい。許可制なのは実力不足の人が無駄死《むだじ》にするのを防ぐためなので、依頼を受けるかどうかは関係がありません。許可を出す権限を持っている人は、支部長の中でも一部だけなんですけど……キリアのライアルド支部長は、その一人ですから」

なるほど。

じゃあ、ありがたくもらっておくか。

様子見だけのために船に乗ってみるのもありだしな。

スラバードたちに偵察してもらって、危険そうなら島で降りずに戻れる……と考えると、依頼を受けずに船に乗ってみるのが一番いいかもしれない。

依頼のために許可証をくれた支部長には申し訳ないが、安全には代えられないし。

そんなことを考えつつギルドを出た俺は、依頼書に目をやる。

依頼内容：イビルドミナス島の異変調査

概要：

特殊肥料『地母神《ちぼしん》の涙』を産出する指定危険区域のイビルドミナス島にて、通常とは異なる特性を持った魔物（以下、変異種と呼ぶ）が発生している。

発生数が少ないため現在のところ目立った脅威《きょうい》にはなっていないが、島の重要性を考えると、到底軽視できる問題ではない。

『地母神の涙』の供給が途絶えることがあれば、王国は大飢饉《だいききん》に陥《おちい》ることになる。

王国の食料供給を守ることは、ギルドにとって急務である。

そこでギルドは、この調査依頼を出すこととした。

なお本依頼は以下の理由により、指名依頼とする。

・報酬の高さに釣られ、実力不足の者が受注する可能性がある

・依頼の性質上、遂行《すいこう》可能な者は十分な戦力と索敵能力を持つ冒険者のみとなり、その数はごく少数に限られる。

なお依頼の指名対象は、各ギルド支部長の推薦によって決めるものとする。

イビルドミナス島での戦闘経験が豊富な者であることが望ましいが、未経験でも著しく高い能力を持つ冒険者がいる場合、この限りではない。

依頼対象、報酬：状況の変化が激しいため、詳細については最新の情報が伝わる現地付近での説明となる。

推薦者より：

『デライトの青い竜』の一件ではお世話になった。

戦力と素敵能力を備えた冒険者と聞いて真っ先に思い浮かんだのが君の顔だ。

他にも何人かの支部長に話を聞いたが、いずれも君なら実力は十分だという意見だった。

もっとも、我々が君の実力を本当に理解できているのかは分からないが。

ということでDランクの君にこの依頼を出すことには反対意見もあったが、私の権限で押し切らせてもらった。君がランク詐欺《さぎ》なのは、今に始まったことではないからな。

君が望むなら、ランクアップも手配しよう。

危険だと判断したら、途中で依頼を放棄《ほうき》してもらっても構わない。

島の現状について、君の意見を聞きたい。

とにかく一度、現場を見てもらえないだろうか。


ふむ。

指名依頼だけあって、普段見るような事務的な内容だけではないようだ。

依頼を出すことになった経緯とかまで詳しく書いてあるのは、なかなか新鮮だな。

報酬が書かれていないが、文章を読む限りはかなり高いようだ。

詳細はその時々で変化するようだが……このあたりは、依頼を受ける時に説明という感じか。

何やら俺が随分と高く評価されているようだが、それでもまずはシュタイル司祭のほうからだな。


実は連絡を取るのは簡単だ。

というのも……スライムに頼んで、司祭を尾行してもらっているからだ。

司祭に連絡が取れないせいで、取り返しのつかないことになる可能性もあるからな。

そういった可能性を潰《つぶ》すために、何匹かのスライムについてもらっていたというわけだ。

流石《さすが》に『感覚共有』などで見張っているわけではないが……スライムたちから『見失った』という報告がないということは、今も尾行は続けられている……はずだ。

『シュタイル司祭の様子はどうだ？』

『なんか、おいのりしてるー！』

『あのひと、全然動かないー！』

ふむ。
どうやらシュタイル司祭は、随分と長い間動いていなかったようだ。
スライムたちは退屈していてもよさそうなものだが……なんだかスライムたちの声が、機嫌よさげに聞こえる。
お祈りとか、スライムたちには興味ないと思っていたのだが……まさかスライムたちが信仰に目覚めでもしたのか？

『何かいいことでもあったのか？』

『あの人、いい人ー！』

そう言ってスライムたちが、シュタイル司祭のほうを指す。

これは本当に……信仰に目覚めたか？

『司祭が何かしてくれたのか？』

『えっとねー、森の中にお肉置いてくれるのー！』

『あのお肉、おいしいー！』


なるほど。

その肉ってもしかして、お供《そな》え物か何かじゃないだろうか……。

バチが当たったりしないよな？　天啓やら天撃やらがある世界なので、本当にバチがあっても驚かないぞ。

『……その肉、食っていいやつなのか？』

『んー……わかんない！』

『聞いちゃダメかなって思ったから、黙ってたべてるー！』

なるほど。
確かに、こっそり尾行しろって言ったからな。
どうやらスライムたちは、言いつけを忠実に守ってくれているようだ。

まあバチさえ当たらなければ、スライムたちが肉を食べていること自体は問題ないか。
機嫌よく尾行をしてくれるなら、悪いことじゃないし。
……何か理由があって肉を置いているのなら、悪いことをしたかもしれないが。

『今度からは黙って肉を食わずに、ちょっと様子を見ような。それはいいとして……とりあえずシュタイル司祭に連絡を取りたいから、そちらに向かう。動きがあったら教えてくれ』

『わかったー！』

スライム越しに会話をする方法もなくはないのだが、司祭がいる場所までは半日もかからない。

なぜ場所を知っているのかは怪しげに思われるかもしれないが、そうも言っていられないしな。

神霊召喚について聞ける人間など、他にいないのだし。

そんなことを考えつつ移動の準備をしていると、スライムたちの声が聞こえた。

『バレたー！』

『見つかったよー！』

バレるの、早すぎないだろうか。

もしかして、また神のお告《つ》げか……？

だとしたら便利すぎるな、神のお告げ。

などと考えつつ俺は、スライムと感覚共有をつなぐ。

すると、目の前にシュタイル司祭が映った。

「スライムさん、何かご用ですか？」

シュタイル司祭は真っ直《ま》ぐ《す》にこちら……スライムのほうを見て、そう尋ねる。

隠蔽《いんぺい》魔法をかけているはずなのだが、完全に気付かれているようだな。

『どうしよう！』

『落ち着け。確かに見つかったことは見つかったが、スライムはどこにでもいる魔物だ。俺のスライムだと気付かれなければ問題はない』

『あっ、そっかー！』

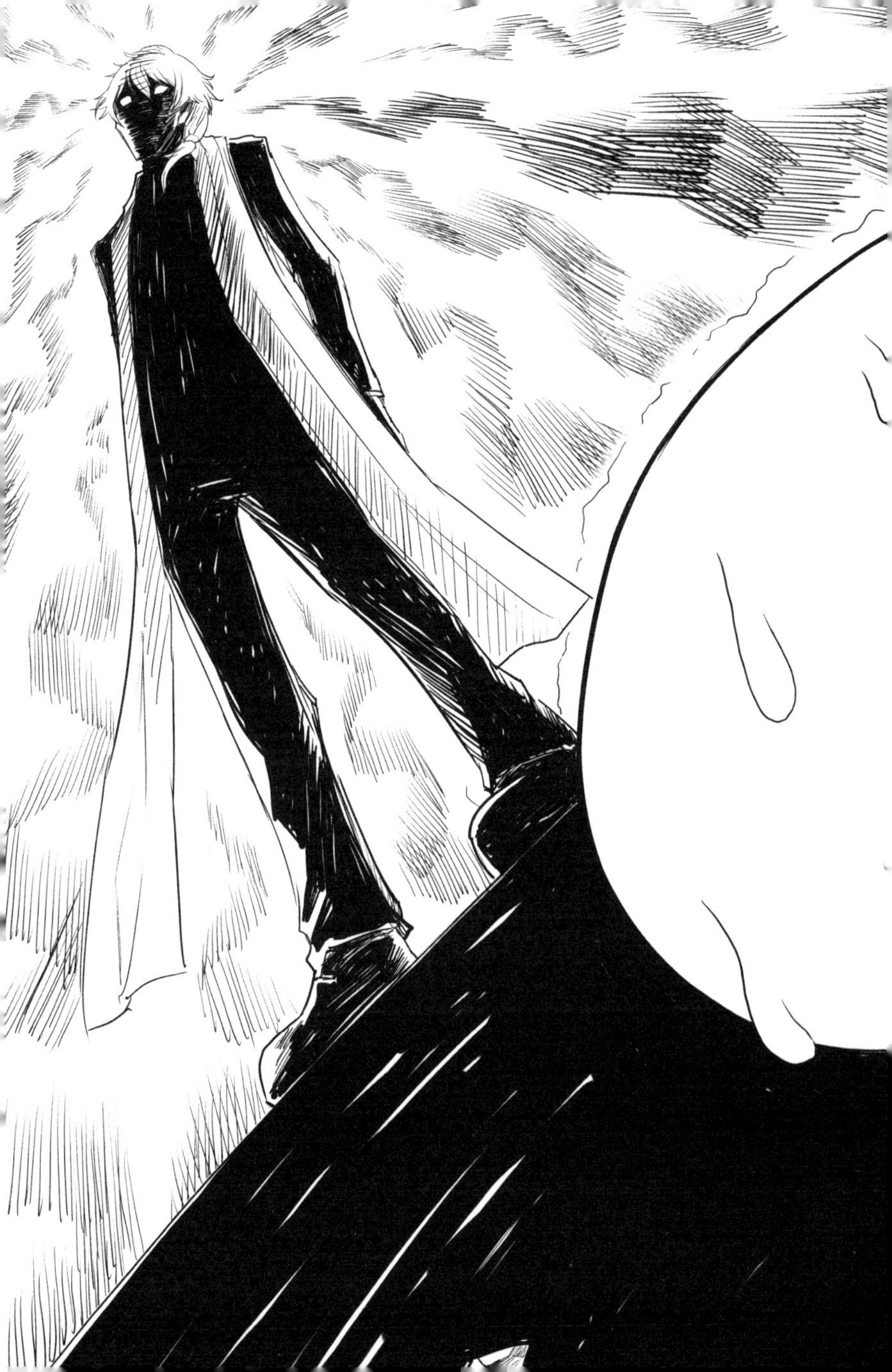

そう言ってスライムが、安心したような雰囲気を出す。

安心するには、まだ早いんだけどな。

『とはいえ……街の中に魔物がいたとなれば、普通に討伐される可能性もあるな』

『と……とうばつされる!?』

『そうならないように、こっそり離脱しよう。攻撃されるようなら結界魔法を使うつもりだが、魔法転送がバレるな……』


これはこれで、なかなか面倒な状況だ。

今のところシュタイル司祭は友好的に話しかけてくれているので、「通りすがりのスライムでーす」とばかりに自然に離脱すれば、攻撃してこないかもしれないが……決して安心できる状況ではない。

かといって隠蔽魔法も通じないとなると、ごまかすのも難しいな……。

などと考えているとシュタイル司祭が、また口を開いた。

「ユージさんのスライムですよね？　何か用がありそうな気配を感じたので、話しかけてみたのですが……」

『バレてるー⁉』

どうやらバレていたようだ。
スライムの尾行が見破られたのは、地味に初めてかもしれない。

「ふむ。いくらユージさんのスライムでも、言葉までは喋《しゃべ》れませんか。……テイマーというのは、主《あるじ》とどのくらいつながっているものなのでしょうか？」

そう言ってシュタイル司祭が、スライムの顔を覗《のぞ》き込む。
どうやらスライムが俺のものだという認識は、推測ではなく確信のようだ。
これはもう、ごまかしようがないな。

そんなことを考えつつ俺は、使えそうな魔法を探す。

すると『音声転送』なる魔法が見つかった。
これは……『魔法転送』の音声バージョンか。

「音声転送」

俺がそう呟《つぶや》くと、スライムの前に小さな魔法陣が現れた。
同時に俺の目の前にも、似たような魔法陣が出現する。
これに向かって喋ればいいということだろうか。

「あー……聞こえるか？」

俺がそう呟くと、『感覚共有』をつないでいるスライムからも、同じ声が聞こえた。
どうやらこれでいいようだ。

「聞こえます。ユージさんですね」

シュタイル司祭は魔法陣から声が出たのを見て一瞬驚いた様子を見せたが、すぐにそう返した。

さすがの天啓も、こういった魔法までは教えてくれないようだ。

「いつからスライムに気付いてたんだ？」

「この前ユージさんと別れ、神に祈りを捧《ささ》げた後です。索敵能力にはそれなりに自信があったのですが……それまでは気付けませんでした。いい隠密《おんみつ》能力ですね」

索敵能力、自信があったのか。

昔はシュタイル司祭も、腕のいい傭兵《ようへい》だったみたいだから、それ自体はあまり不思議ではないな。

それにしても、『救済の蒼月』が誰も気付かないような監視を見抜くとは、随分な腕だ。

「……祈りを捧げた後、なんで気付けたんだ？」

「祈りの後は、感覚が研《と》ぎ澄まされますから」

説明になっていない……。

これも天啓とか、そのあたりのスキルの関係だろうか。

聖職者には、祈りに関係するスキルなどがあるのかもしれない。

まあ、尾行がバレてしまったのは確かなので、とりあえず謝っておくか。

「こっそりつけていて悪かったな」

「謝っていただく必要はありませんよ。スライムさんが私の近くにいるのは、こちらにとっても好都合でしたから」

「……それは、神の命令の関係か？」

「はい。『ユージさんに手を貸せ』というお言葉は、まだ有効です。ユージさんに信用していただかなければ、その遂行に支障をきたす恐れがあります。……ユージさんがよろしければ、このまま見張っていただければと思います」

なるほど。

あえて監視を受け入れることで、信用を勝ち取ろうというわけか。

確かにスライムがついていれば陰で裏切ることもしにくいから、俺としては司祭を信用しやすくなる。

今まで司祭がスライムの存在に気付きながらも指摘しなかったのは、そういうことなのかもしれない。

「それに……ユージさんが私にスライムをつけていたのは、他にも理由があるのではないですか？」

「他の理由？」

「私の護衛です」

「……バレてたか」

俺がシュタイル司祭に監視をつけていた理由は、もう一つある。

それは、司祭が『救済の蒼月』の暗殺対象候補リストに入っていたからだ。

結局誰も現れなかったことを考えると、恐らく司祭は『救済の蒼月』にとって優先度の高い暗殺対象ではない。

また司祭自身も、今は武装していないとはいえ元々は強い傭兵だったようなので、簡単に殺されはしないだろう。

とはいえ司祭は武器を持ち歩いていないし、殺されてしまうと困るのは確かなので、護衛の意味も兼ねてスライムをつけていたというわけだ。

「それで、何かご用でしたか?」

「実は『神霊召喚』について聞きたくてな。何も起きなかったと聞いたが……儀式は失敗したのか?」

「はい。失敗しました」

俺の問いに、司祭はそう即答した。

疑問の余地さえないという雰囲気だ。

「それは、神のお告げか？　それとも儀式をやった時に確認したのか？」

「神のお告げです。儀式を行った時には、はっきり失敗と分かるような現象は起きませんでした」

「そうか……」

どこまで信用していいものか、難しいところだな。

シュタイル司祭が神の言葉を偽るとは思えないが、その『神』とやらが本当のことを言っているかどうかはまた別の話だ。

俺は多くの日本人と同じで、決して信仰心が厚いほうではない。

それこそクリスマスにお祝いをしてケーキを食べたかと思えば、正月には神社に行っていたような人間だ。

まあ、それも会社に入る前の話で、就職してからはクリスマスも正月も関係なく働き、サーバーマシンに鳥居を飾っては『おおサーバー様よ、何事もなく動いてください。頼む……』と祈りを捧げていたのだが。

「わざわざ神霊召喚についてお聞きになったということは……何かあったのですか？」

「ああ。ドラゴンについて調べている途中で、神霊召喚が唯一の対抗策だという話を小耳に挟んでな。どこまで信用できる話かは分からないが、成功したかどうか気になったんだ」

エンシェント・ライノのことは、一旦《いったん》司祭にも伏せておくことにする。

司祭は今のところ味方だと思っているし、口も軽いとは思っていないが……敵を騙《だま》すにはまず味方からとも言うしな。

問題は、情報源に関して詳しく探られるとボロが出そうなことだが。

「ふむ……お告げの真意を測りかねていた部分もありましたが、そういうことでしたか」

俺の言葉を聞いた司祭は、そう呟いた。

どうやら情報源に関して詳しく聞くつもりはないようだ。

「お告げの真意って、どういうことだ?」

『儀式は失敗した。だが望みはつながった』……これがお告げの内容です。『望みはつながった』という言葉の真意について、今まで考え続けてきましたが……神霊召喚が真竜への唯一の対抗策だと考えれば、納得がいきます」

「……なるほど、そういうことか」

望みはつながった。

本当だとすれば、まだ真竜への対抗策は残されているということになるな。

問題はそれがどんな望みかだが……。

「神霊召喚って、もう一度できないのか?」

「不可能です。専用の祭具に魔力がたまるのを待たなければなりませんので」

「それって、どのくらいかかるんだ？」

「正確な年数は分かりませんが、最低でも１００年はかかるかと思います」

随分と気の長い話だな……。

なんとかして加速できればいいのだが……。

「それ、魔力を込めたら早くなったりしないのか？」

「残念ながら、祭具に必要な魔力は人間のものとは違います。『神力』なんて呼び方もあるみたいですが……専用の祭壇に安置し、魔力がたまるのを待つほかありません」

神力……。

正直よく分からないが、儀式の専門家である教会の上層部が言うのなら、そういうものなのだろう。

もう一度やる方法があるのなら、シュタイル司祭がそれを隠す理由はないし。

とりあえず、手に入る情報はこんなところか。

「でも、儀式が本当に失敗したのかは気になるところだな。見た目では分からなかったんだろう？」

「そうですね。……気になるのでしたら資料を探させましょうか？」

……意外な発言だな。

神が失敗したと言ったのに、それ以外の資料を探すのか。

「失敗したってお告げがあったのに、資料が必要なのか？」

「私は神の言葉を疑いません。しかし、そうではない人がいるのは当然のこと……といいますか、本当の意味で神を信じている人など、むしろ少数派と言っていいでしょう」

随分とぶっちゃけたな。

まあ実際、冒険者パーティーでも仲間が神に祈っているところなど見たことがないし、この世界もそこまで信仰心が強い者は多くないのかもしれない。
しかし……。

「……聖職者がそれを言って大丈夫なのか？」

「もちろんです。もちろん、皆さんに神を信じていただくのが理想ではありますが……現状がそうでないことを認めない限り、改善は望めません。むしろそういった方々にも分かる方法で神について伝えることこそ、我々の使命と言ってもいいでしょう」

なるほど。
なんだか、言っていることが有能そうだ。

現状を認めない限り、改善は望めない……炎上プロジェクトを気合でなんとかしろと言っていた会社の偉い人たちに、聞かせてやりたい言葉だ。
気合でなんとかならないから、今こうなっているんだと。
……なんだか、司祭が傭兵団のトップを張ったり、教会で偉い立場につけたりした理由が分かった気がする。

「特にユージさんに関しては、協力せよとのお告げがありました。たとえそれが神を疑うことであろうとも、例外はありません」

なるほど。

神が『神を疑う奴《やつ》を罰しろ』と言わなかったことに感謝しなければいけないな。

「じゃあ、協力ついでに一つ聞いてもいいか？」

「はい。何でしょうか」

「イビルドミナス島に行く依頼を受けたんだが、どう思う？　神から何か聞いてないか？」

こう聞くあたり、俺も意外と神のことを頼りにしているのだろうか。

デライトの青い竜との戦いでは、俺も「天撃」なんてスキルに世話になったしな。

「神からは何もありませんでしたが……神が何もおっしゃらないということは、行ってみて大丈夫かと思います。そうでないなら、神が教えてくださる……私はそう信じていますので」

「大丈夫ってことは、行っても殺されたりはしないということか？」

「それは分かりません。慈悲深《じひぶか》い神も、犠牲をお求めになることはあります」

なるほど。

司祭が言う「大丈夫」は神にとっての「大丈夫」であって、俺にとっての「大丈夫」とは限らないというわけか。

そもそも神が何を目的としているのかすら、俺には分からないのだ。

もし神が過激派団体みたいなやつだったら、人間の滅亡を望んでいる可能性すらある。

デライトの青い竜の討伐に力を貸してくれたところをみると、今のところ神は味方だと見てよさそうだが……信用しきるのもよくないな。

神が人間の味方だとしても、他の人間たちのために俺が生贄《いけにえ》にされたりする可能性だってあるし。
善良な社員が他の奴のために生贄に……責任を押し付けられてクビにされるところなど、俺は数え切れないほど見てきているのだ。

「ありがとう、参考になった」

「行かれるのですか？」

「ああ。止められなければ行くつもりだったからな」

これは本当のことだ。
ギルドとの関係や情報集めというのもあるが……受ける理由として一番大きいのは、依頼内容が『魔物の異変』に関係していることだ。
今までにも真竜の発生前、魔物が異常行動を起こすことが何度かあった。
可能性は高くないが、今回もそのケースの可能性があるのだ。

別に好き好《この》んで真竜と戦いに行くわけではないが、どうせ戦わなくてはならないなら真竜が成長しきっていない、まだ弱いうちに戦いたいからな。

……まあ、弱いうちとはいうものの、全く弱くないのだが。

「分かりました。お気をつけて」

こうして俺は、イビルドミナス島なる危険地帯に向かうことになった。

船が出るのはクルジアという港町らしいので、まずはそこに向かうところからだな。

翌朝。

俺《おれ》はいつものようにプラウド・ウルフに乗って、クルジアへと来ていた。

島に行くならまずはギルドだと思ったのだが……どうにも様子がおかしい。


島の異変でピリピリしている……とかではない。

むしろその逆で、あまりにも平和な感じなのだ。


ギルドはなかなか賑《にぎ》わっていて、数十人もの冒険者たちがいるが……その全員が20歳にも満たない、いかにも初心者という雰囲気の青年たちだ。

人は見かけで判断できないと言うし、彼らが実は凄腕《すごうで》の冒険者な可能性もゼロではないが……実はベテランということもなさそうだ。

というのも、出されている依頼の内容は、完全に初心者向けばかりだからだ。

一番ランクの高い依頼がEランクのようだが、ここまで高ランクの依頼がない街は、一周回って珍しいかもしれない。

今までに見た街では、オルダリオンのように『救済の蒼月《そうげつ》』に支配された街を除いて、何かしらDランク以上の依頼が出ていた気がする。

船に関する情報もないし、とてもルイドが『二度と行きたくない』と言っていた島への出発口とは思えない。

もしかして、初心者用のギルドと島用のギルドがあるのだろうか。

この街に2つのギルドがあると聞いたことはないが……もしかしたら、という可能性はある。

まあ、とりあえず聞いてみるとするか。

冒険者たちは依頼選びに手間取っているようで、窓口は空いているし。

「ちょっと聞きたいんだが、いいか？」

「はい、なんでしょう？」

「イビルドミナス島について聞きたいんだが……このギルドで合ってるか？」

「ええと……島について聞きたいなら、酒場に行くといいと思いますよ。島から帰ってきた冒険者さんたちが沢山いますから」

酒場か。

確かに経験者たちがたくさんいる場所は、聞くのに向いているかもしれないが……ギルドとしてそれはどうなのだろう。

流石《さすが》に依頼まで酒場で受けているとは思えないし、何かが嚙《か》み合っていない気がする。

いずれにしろ、依頼はギルドで受けろと言われている。

何も情報がないというのは考えにくいところだ。

「依頼については、ギルドで聞けって言われたんだが……」

「島の依頼ですか？」

「ああ。受けるかどうかは決めていないが、まずは島を見てみたいと思ってな」

正確には遠くから見るというより、スラバードを使って航空偵察するのだが、それにしたって島の場所が分からないと難しいからな。

船の場所だけ聞いて、後をスラバードにつけてもらうという手もなくはないが……上陸しても大丈夫そうならそのまま上陸するので、せっかくだから船に乗ってしまうのがいいだろう。

「島を見てみるって言っても、許可証がないと連絡船には乗れませんよ？」

「許可証なら、この前もらったぞ」

そう言って俺は、許可証を差し出す。

偽物《にせもの》とかだったら笑えないが……ギルドでもらったものなので、恐らく本物だろう。

「……か、確認しますね」

受付嬢は俺が差し出したカードを手に取り、よく観察する。

そして、勢いよく頭を下げた。

「も、申し訳ありません！　こちらのギルドへ来られたので、てっきり初心者の方かと……」

受付嬢の視線は、俺のスライムや装備……装備と言っていいのかすら分からないような服を見ている。

俺が直接戦うような場面となると、大体はケシスの短剣を使うような戦闘なのだが……その場合は重装備など邪魔にしかならないので、俺は防具を一切《いっさい》つけずに、防御力が必要な場面は魔法でカバーしている。

だが、そういった事情を知らないと、確かに初心者に見えるだろうな……。

肩にスライムを乗せているというのも、初心者っぽい印象を強くするかもしれない。体格も冒険者らしくはないしな。

というか実際、受付嬢の感想は間違いではないのだ。

「いや、気にしないでくれ。初心者というのも間違いではないしな」

俺はこの世界に来てから半年足らずだし、前の世界では魔物との戦いなど経験したことはない。

納期が相手の戦闘経験なら大体の冒険者には勝てる自信があるが、魔物が相手の戦闘経験ではまさに初心者レベルだ。

ここにいる青年冒険者たちでさえ、俺よりは長く経験を積んでいるだろう。

ランクも別に、そんなに高くないしな。

「初心者は流石に謙遜《けんそん》が過ぎると思いますよ。イビルドミナス島行きの許可証……しかも単独許可証なんて、大ベテランの方々でもなかなか持っていませんから」

「単独許可証……？」

「パーティーを組まずに、単独で島に立ち入ることが許される許可証のことです。イビルドミナス島に行く人は実力者揃《ぞろ》いですが……その中でも、単独許可証を持っているのはほんの一握りなんですよ」

……何の説明もなく渡された許可証だったが、実は特別なものだったのか。

どうしてこんなことになっているのかは分からないが……もしかしたら俺があまりパーティーを組まずに戦っているのを察して、そういう許可証にしてくれたのかもしれないな。

もらったのがパーティー許可証だったら面倒《めんどう》なことになっていたかもしれないし、支部長には感謝しておこう。

「でも、こんな許可証を持っているのに、島に入ったことがないんですか?」

「ああ。船の乗り方も知らないから、ここに聞きに来たんだ」

港に行けば船自体は見つかるかもしれないが、いきなり行って乗せてもらうようなシステムじゃない気がする。

乗船に許可のいらない船でさえ、普通はどこかで受付をしてから乗るものだし。

「そんなお話、聞いたことありません……。単独許可証の所有者は、イビルドミナス島で長く戦った方ばかりのはずなのに……」

「……実は偽物だったりしないか？」

「それはありませんね。許可証には偽造防止も施《ほどこ》されていますし、ライアルド支部長が推薦人なら間違いもないと思います。……そんな人を初心者と勘違いするなんて、私もまだまだですね……」

受付嬢がシュンとしてしまった。

初心者という話は、間違いではないんだけどな……。

とはいえ、異世界から来たという話を説明するわけにもいかない。

ここは依頼のことに話を戻すのが得策だろう。

「それで……依頼の話を聞きたいんだが、ここで聞けるか？」

「すみません。実はこのギルドは、大陸側の依頼ばかりで……イビルドミナス島が関《かか》わるようなレベルの依頼は扱えないんです」

なるほど。

やはりこのギルドは、初心者向けのギルドだったのか。

初めに酒場に行けと言われたのは、島の冒険者に興味を持つ初心者冒険者だと思われたのだろうな。

「確かにEランクまでの依頼しかなかったな……大陸側の依頼って、そんなに少ないのか？」

「危ない魔物とかは、島に行くような冒険者さんが大陸に戻ってきた時、ついでみたいな感じで倒してしまうので……なかなか残らないんです」

「……ついでで魔物を倒すのか？」

高ランクの依頼がついでって、どういうことだ。

まさか島の冒険者たちは、島帰りの腹ごなしに魔物と戦うのか？

「怪我《けが》をしたという話は聞かないので、多分余裕なんだと思います。そのくらい次元が違うので……ギルドも分けたほうが効率がいいんです」

「なるほど、そういうことだったのか」

初心者に色々と教えながら依頼をやってもらうのと、ベテランに難しい依頼をこなしてもらうのでは、また別の能力が必要だろうからな。

経験の浅い冒険者にアドバイスするのが得意な人はここで、難しい依頼の処理が得意な人は別のギルドで働くということなのだろう。

問題は、その『別のギルド』がどこにあるかだ。

島は建物なんて建てられるような環境じゃないようだから、島の中はないとして……。

「それで、イビルドミナス島関係のギルドは、どこにあるんだ？　地図を見た限り、島にギルドは一つしかなかったんだが……」

地図が古かったとかなら、すぐに解決する話だが……イビルドミナス島は、随分《ずいぶん》と前から戦いが起こっていた島のようだ。

最近になってギルドが分割されたとかでもない限り、古い地図にもありそうなものだが。

それに、ギルドのような目立つ施設が他にあれば、スライムたちがすぐに気付くはず。

街に入ってすぐ、スライムたちは（主に美味《おい》しいもの探しを目的として）街を探検に行ったので、そのくらいの情報は入ってきそうだし。

そう考えていると、受付嬢が答えを返した。

「あ、この街にはありませんよ。えっと、今の時間だと……30分くらい待っていれば到着すると思います」

「……待ってれば到着するって、まるでギルドが移動するみたいな言い方だな」

「移動します。ギルドがあるのは、船の中なので」

「なるほど。……それは見つからないわけだな」

船の中か。それは流石に意外だった。

ギルドというから建物かと思ったら、まさか船の中に移動式ギルドがあるとは。

だが、考えてみると合理的だ。

島に行く冒険者は絶対に船に乗ることになるし、その行き帰りで依頼に関する手続きができるなら、とても便利だろう。

情報の速さという意味でも、ギルドは陸地にあるよりも、島に接岸できる船にあったほうがいい。

冒険者が持ち帰った情報がすぐに手に入るし、緊急事態に援軍を送るような場合、いちいち陸地に戻っている時間はないだろう。

問題は、ギルドのような大規模施設を積めるような船が用意できるかだが……それさえ何とかなれば、船にギルドというのは効率がよさそうだ。


ところで、一つ気になったのだが……。

「船の中に、魔物って連れていけるか？」

スラバードは自力で飛べるので、船についてきてもらえば問題はない。

スライムも、スラバードに運んでもらえばなんとかなるだろう。

しかしプラウド・ウルフは、そういうわけにもいかない。

「小型で無害な魔物なら連絡用などに使われていたことがあるはずなので、大丈夫だと思いますけど……危険な魔物ですか？」

連絡用……要は伝書鳩みたいな扱いってことか。

スラバードとかが、まさにその枠だな。

プラウド・ウルフが無害に分類されるかどうかは、微妙なところだ。

あいつの性格を知っていれば、屈強《くっきょう》な冒険者だらけの船で暴《あば》れたりは絶対にしないと分かるはずだが、流石にギルドがプラウド・ウルフの性格まで勘案してくれるとは思えないし。

「プラウド・ウルフっていう魔物なんだが……連れていけるか？」

「狼《おおかみ》となると、戦闘に使えるような魔物なので……許可が必要になると思います」

『えー！』

『ぼくたちも、ちゃんと戦える魔物だよー！』

言外に『戦闘に使えない魔物』と言われたスライムたちが憤慨《ふんがい》している。

ただ、理屈としては分からなくもないな。

スライムはテイマースキルと併用すれば強いが、単独での攻撃能力は決して高くない。

その点、プラウド・ウルフのような魔物が暴れれば、船にかなりのダメージを与えることも可能……かもしれない。

もっとも敵に回した時に恐ろしいのは、プラウド・ウルフよりスライムのほうなのだが。

間違ってこいつらを敵に回すようなことがあれば、船は間違いなく深刻な食糧問題に見舞われるだろう。

いくら屈強な冒険者であっても、食料が全滅したら困るだろうし。

……という話は一旦《いったん》置いておいて、今は許可の話だな。

エンシェント・ライノは最悪留守番というのも選択肢だ。

戦力としては大きいが、仲間に加わったのは最近のことなので、いなくてもそれ以前と同じ戦い方はできる。

だが……プラウド・ウルフまでいないとなると、流石に厳しくなってくる。

というか移動ができない。別に自力で走り回るのが嫌だというわけではないが、プラウド・ウルフとは速度が違いすぎるからな。

なんとしても、島に連れていきたいところだな。


「許可を取るのは難しいのか？」

「依頼に必要ということであれば、許可が下りる可能性はあります。しかし、あの船の安全は特に気を使っている部分なので……許可が下りるには、かなり時間がかかるかもしれません」


なるほど。

まあ、ギルドを丸ごと積めるような船となると、安全には気を使うだろうからな。

船に何かあったら、王国の食糧危機につながりかねないし。

とはいえ、のんびり許可を待っている間に何か問題が起きないとも限らない。

できれば時間を短縮したいところだが……まあ、船が着くまでの間で考えることにするか。

何も思いつかなければ、結界魔法を連続で展開しながら、その上を走り抜けるという手もあるし。

それから5分ほど後。

俺《おれ》は船着き場（場所はギルドで聞いた）で、魔物たちと島に上陸する方法について聞いていた。

結界魔法を足場代わりにするのは、割と最終手段だ。

面倒《めんどう》という以上に、魔力消費が重い。

『終焉《しゅうえん》の業火《ごうか》』などに比べればずっと燃費のいい魔法だとはいっても、足場代わりにして長距離を移動するとなると、戦闘などで何度か撃つのとはわけが違うからな。

途中で魔力が切れれば海に落ちることになるし、そうでなくても魔力を大量に消費した状態で島に上陸というのは避《さ》けたい。

ということで。

新キャラ追加!!
7月15日頃発売!
魔女の旅々17
ドラマCD付き特装版
著●白石定規
イラスト●あずーる
大注目作の特装版が発売です!!
このチャンスを見逃すな!
アニメ化決定★
新キャラも登場!
8月15日頃発売!
友達の妹が
俺にだけウザい8
ドラマCD付き特装版
著●三河ごーすと
イラスト●トマリ

この注文書に記入して、お近くの書店へお申し込みください。

書店印

書籍扱い（買切）

予約注文書

【書店様へ】お客様からの注文書を弊社、営業までご送付ください。

（FAX可：FAX番号03−5549−1211）

注文書の必着日は商品によって異なりますのでご注意ください。

お客様よりお預かりした個人情報は、予約集計のために使用し、それ以外の用途では使用いたしません。

2021年7月15日頃発売	著	白石定規　イラスト　あずーる	
	ISBN	978-4-8156-0830-9	
	価格	2,970円	
GAノベル　魔女の旅々17　ドラマCD付き特装版	お客様締切	2021年5月14日(金)	
	弊社締切	2021年5月17日(月)	部
2021年8月15日頃発売	著	三河ごーすと　イラスト　トマリ	
	ISBN	978-4-8156-1013-5	
	価格	2,640円	
GA文庫　友達の妹が俺にだけウザい8　ドラマCD付き特装版	お客様締切	2021年6月10日(木)	
	弊社締切	2021年6月11日(金)	部

住所　〒	
氏名	電話番号

特装版は書籍扱いの買取商品です。返品はお受けできませんのでご注意ください。

『エンシェント・ライノ、実は水面を走れたりしないか？』

『……体の小さい頃《ころ》は走れたが、今は無理だな。流石《さすが》に体が重すぎる』

ダメ元で言ってみたのだが、昔は走れたのか……。

今もできれば話が早かったのだが、残念ながらそこまでうまくはいかないようだ。

スラバードに運んでもらうのも、少々無理がある。

力などは魔法で強化できるが、スラバードの翼のサイズでは、運べる重量には限界がある。

残念ながら、プラウド・ウルフほどの重さとなると無理だろう。

『およぐの、どうかなー？』

俺が他の案を考えていると、スライムがそう呟《つぶや》いた。

確かに、案の一つとしてなくはない。

日本にいた頃、犬が海を泳いでいる動画があった。

普通の犬でさえ泳げるなら、プラウド・ウルフやエンシェント・ライノほどの魔物が泳げば、結構速いのではないだろうか。

しかし……船に乗れないからと出張先の島まで泳がせるなど、ブラック企業もいいところだ。

前世の会社に『洪水で道が沈んだから休む』などと言った日には『泳いででも出勤しろ』とか言われそうだが、会社はそういう日には（慈悲深《じひぶか》くも）オフィスに寝袋で泊まらせてくれたので、洪水の中を泳いで出勤するハメにはならずに済んだ。

そう考えると、泳いで島まで来させるのは、前世の会社も真《ま》っ青《さお》なブラック度合いと言えるだろう。

ただ、それは相手が人間ならの話だ。

人間相手に『飛行機がないなら、空を飛んで来い』などと言うのはパワハラ以外の何物でもないが、スラバードに同じことを言うのは何の問題もない。

スライムは当たり前のように『泳げばいい』と言うが……問題はこの『泳げばいい』が、プラウド・ウルフたちにとっても当たり前かどうかだな。

『プラウド・ウルフとエンシェント・ライノって、泳ぐのか？』

『俺は泳ぐッスよ！　強い魔物も水中までは追いかけてこないから、水辺にいることが多かったッス！』

なるほど……。

普段から逃げ道として水中を使っていたのか。

プラウド・ウルフらしいと言えばらしいが……。

『長距離も泳げるのか？』

『泳ぐのは楽ッスから、大丈夫ッス！　……海の魔物に襲われた時だけ、助けてもらえれば……』

『ああ。水中にでも魔法転送は使えるから、問題ない』

水中に魔法転送が使えることは、魚型の魔物と戦った時に確認済みだ。

あの時は『範囲凍結・中』だけでは倒しきれず、後でとどめを刺すことになったが……プラウド・ウルフたちを助けるだけなら、凍らせて放っておくのでも問題はない。

場合によっては結界魔法で空中に逃がすこともできるし、水中だからといって戦闘に困ることはないだろう。

『エンシェント・ライノはどうだ？』

『泳ぐのは久しぶりだから、泳げるかどうかは分からんが……私は主《あるじ》の下についた身。命令とあらば、泳がぬわけにはいくまい。もし沈むようなら、海底を歩いてでも……』

『いや、そこまでしろとは言わないが……』

エンシェント・ライノが、ブラック企業に適応しきった（洗脳されたとも言う）社員みたいなことを言い始めた。

別に洗脳した覚えはないのだが……呪《のろ》いを解いた恩義を感じているのかもしれない。

というか魔物って、息ができなくても大丈夫なのだろうか？

『泳げるかどうか試してみて、ダメだったら他の方法を考えよう。ルートは船が案内してくれる』

『……分かった。今のうちに泳ぎの練習をしておこう』

今からって……30分もないよな。
人間の場合、泳ぎはかなり時間をかけないと習得できないものだが……犬かきくらいなら何とかなるのだろうか？

◇

それから30分ほど後。
俺が港で待っていると、1隻の船がこちらへとやってくるのが見えた。

「……でかいな」

ギルドが積んであるというだけあって、船は随分《ずいぶん》な大きさだ。
港には多数の船が泊まっているが、それらとは比べ物にならない。

基本的には木造船のようだが、側面などには金属の装甲板《そうこうばん》が張られているようだ。

万一にも沈まないようにという配慮だろうか。

などと考えながら俺は、栈橋《さんばし》のほうへと向かう。

あの規模の船ともなると水深不足で普通の港には泊まれないので、専用の栈橋が用意されているというわけだ。

栈橋の入り口には検問所のような建物があり、ギルドの受付嬢がいた。

船に乗るには、あの受付嬢に言えばいいんだな。

「船に乗りたいんだが」

「冒険者の方ですね。許可証をお願いします」

俺が許可証を差し出すと、受付嬢は名簿に日付と時間を書き込み、何やら分厚いファイルを開く。

そして、ファイルの最後のほうのページを見て、内容を確認してから……俺に尋ねた。

「初めての乗船なんですね。補償の受取人が書かれていないみたいですが、設定していかれますか？」

「受取人？」

「依頼中に事故があったり、冒険者さんが未帰還になったような場合、ご家族の方などが補償を受け取れることになっているんです」

なるほど。

それだけ危険な場所だってことか。

ただ……単に危ないというだけの依頼なら、他にいくらでもあるはずだ。

むしろ気になるのは……。

「ギルドの依頼で事故があった時に、補償なんて出るのか？」

冒険者はギルドカードを持っているだけで、自由に仕事を受けられる。
その代わり、死んでも自己責任なのが、ギルドのシステムだと思っていたのだが。
補償がどうとかいう話なんて、今までに聞いたことがないし。

「イビルドミナス島は特別なんです。『地母神《ちぼしん》の涙』は、王国全《すべ》ての食料供給を支える最重要資源ですから、絶対に供給を途絶えさせるわけにはいかなくて……でも島で依頼をこなせるほどの力を持った冒険者さんはなかなかいないので、依頼を受けてもらうために作られた制度ですね」

なるほど。
人手が足りないから、福利厚生を充実させておいた……みたいな感じか。
いい制度だと思うが……俺には受取人として指定するような相手がいないな。
そのうち状況が変わるかもしれないし、一旦《いったん》は未設定のままにしておくか。

「とりあえず、補償はなしでいい。死ぬつもりはないしな」

「分かりました。ちなみに危ないと言われる島ですけど、実際の死亡率は一般的な街の依頼をこなすより低いくらいなんですよ」

「そうなのか？」

それは初めて聞く話だ。

恐ろしい場所だと聞いているが……その話が本当だとしたら、少しだけ安心できるな。

「依頼自体の難易度が高いのは間違いないんですけど、乗船許可が下りるような冒険者さんたちは、引き際や安全確保の方法も分かってますから。普通の依頼と比べると、逆に達成率が高いんです」

「……俺が行って大丈夫なのか？」

「乗船許可の基準は厳しいので、許可がもらえた人なら、実力不足ということは絶対にありません。……でも、実力が足りていても不測の事態が起こることはありますので、依頼を受ける際には細心の注意をお願いします」

なるほど。

安易に大丈夫だと言わないあたり、信用がおける気がするな。

ここは俺の実力というより、俺を推薦したライアルド支部長を信じてみるか。

そんなことを考えつつ俺は、港に到着した船を見る。

船からは帰還した冒険者とともに、『地母神の涙』と書かれた木箱が台車によって運び出されている。

あの中に、地母神の涙が入っているということだろう。

降りてきた冒険者は、たった10人ほどだ。

運び出される『地母神の涙』の量も、木箱1個分……中身がどこまで入っているかわからないので、実際はそれより少ないかもしれない。

たったあれだけの量で王国全体の食料供給に影響を与えるというのは驚きに値するが、それだけ桁外《けたはず》れな効果を持つ代物だからこそ、危険な島から採ってくる価値があるということか。

などと考えていると、船から降りてきた男が、俺に話しかけてきた。

「スライムを連れた冒険者……冒険者ユージだね。弟から噂《うわさ》は聞いているよ」

「弟？」

「おっと、自己紹介を忘れていたね。私はここの支部長をやっているロイアルド……キリア支部長、ライアルドの兄だ。弟が最強のＢ級索敵者《さくてきしゃ》を推薦してくれるというから、楽しみにしていたんだ」

言われてみると……確かにライアルドと顔が似ている気がする。

兄弟でギルド支部長なのか。エリートの家系みたいなやつだろうか。

それはそうとして……。

「最強は言いすぎじゃないか？　俺はそんなに難しい依頼をやってきたわけじゃないし、冒険者歴も浅いぞ？」

「……まあ、公式記録ではそうなっているな。あれほどあてにならない『公式記録』も珍しい。噂は基本的にあてにならないものだが、冒険者ユージに関しては噂のほうを信用している」

「ギルド支部長って、それで大丈夫なのか？」

「軽率な行動は慎《つつし》むべきだが、慎重《しんちょう》すぎるのもまた危険を招く。そのあたりの判断こそ、ギルド支部長の仕事でね。もちろん噂を鵜《う》呑《の》みにするだけでなく、自前でも情報を集めているから安心してほしい」

そう言って支部長は、一旦言葉を切った。

「まあ実のところ、本当はどこまで強いのかまでは摑《つか》みきれていないんだけどね。色々調べているんだが……あまりに荒唐無稽《こうとうむけい》で、人間とは思えないような説まであってね。なかなか実情というのは見えてこないところだ。君が教えてくれれば手っ取り早いんだけど、あまり積極的に実力を広めたがらないみたいだしね」

ふむ……。

どこまで知られているのか、ちょっと判断がつかないところだな。

聞いても教えてくれそうにないし、一旦保留にしておくか。

とはいえ『隠している』という感じで答えると、噂を肯定することにもなりかねない。

どこまで見透かされているかは分からないが、一応は否定しておこう。

「いや、別に隠してはいないんだが……」

「……それが本当かは一旦置いておこう。手に入る情報を集めるのはギルドの仕事だが、無理やり聞き出すつもりはないからね。それに今回の依頼で一番期待しているのは、戦闘能力よりも調査能力のほうなんだ」

「魔物の異変調査の依頼って話だったな」

「ああ。もちろん、島を見る前から受けろなどと言うつもりはないから、ゆっくり考えてほしい」

事前に言われていた通り、依頼の強制はないようだな。

まあ予定通りに、スラバードを偵察に飛ばして様子を見てみるとするか。

そんなことを考えながら俺は支部長と分かれ、船に乗り込んだ。

◇

「普通のギルド……いや、違うな」

船に入ると、そこにあったのはごく普通のギルドだった。

船の中にあるとは思えないくらい、本当に普通のギルドだ。内装の見た目だけは。

ただし依頼は違う。

普通なら大量の依頼が張られているはずの掲示板には、たった1枚の依頼が張られていた。

依頼内容：地母神の涙の採掘

概要：

特殊肥料『地母神の涙』の確保は、王国の食料供給における最重要課題の一つである。

困難な依頼になるが、諸君の力を貸してほしい。

なお『地母神の涙』は巨大な塊《かたまり》で産出するため、持ち運び可能な量を削《けず》り取る必要がある。

それを念頭に装備を用意することを推奨する。

依頼中の災害については、冒険者の実績によって国から補償金が支払われる。

報酬：1グラムにつき5400チコル

「……討伐《とうばつ》依頼は別の場所にあるのか？」

俺はそう言って周囲を見回すが、他の依頼が出されている様子はない。

危険な島だという話なのに、これではまるで鉱山だ。

しかし鉱山にしても、報酬が高いな。

1グラムで5400チコルということは……たった1キロの『地母神の涙』を持ち帰るだけで540万か……。

しかも貴重な宝石などではなく、そのままでは持ち帰れないほど巨大な塊で産出する……と。

宝石探しというよりは、鉱石採掘に近い感じだな。

1キロどころか、10キロとかの塊も普通に手に入ってしまうかもしれない。

まさに一攫千金《いっかくせんきん》って感じだ。

「依頼を見て戸惑ってるってことは、新人だな？」

俺が依頼を見ていると、後から来た冒険者がそう尋ねた。

いかにも歴戦のベテランといった感じの剣士だ。

「ああ。討伐依頼とかはないのかと思ってな」

「この船に乗った奴《やつ》なら、誰《だれ》もが最初に思うことだな。ちなみに、討伐依頼もたまに出るぞ」

「……たまにしか出ないのか」

「いくら倒してもきりがないからな。採掘依頼の報酬には、襲ってきた魔物を倒す報酬も含まれてるんだ」

なるほど。

報酬が高い理由はそれだったのか。

採取系の依頼と見せかけて、実は討伐依頼に近いってわけだな。

「たまに出る討伐依頼っていうのは、魔物が増えすぎた時とかに出るのか？」

「そんな感じだな。でも討伐はほとんど指名依頼になるから、この掲示板は飾りみたいなもんだ」

ほとんど指名依頼か……。

俺のところにきた調査依頼も指名依頼だし、通常の依頼は少ない土地柄のようだ。

「まあ、初めは依頼にこだわらず、島に慣れるところから始めるといいと思うぜ。……パーティーはもう決まってるのか？」

「いや……とりあえず船から様子を見て、大丈夫そうなら一人で上陸してみようと思う」

「一人でって……まさか、単独許可証持ちか？　普通の許可証だと、パーティーを組まないと船を降りられないんだが……」

「一応、単独許可証をもらってる。上陸するかどうかは、まだ決めてないけどな」

そう言って俺は、許可証を見せる。

単独許可証と書かれているのを見て、男は頷《うなず》いた。

「初めての乗船で単独許可証か……相当な実力者なんだな。戦闘に関してはアドバイスの必要もなさそうだが、気になることがあったら何でも聞いてくれ。あー……なんて呼んだらいい？

俺はブレイザーだ」

「ユージだ」

「分かった。よろしく、ユージ」

随分と親切だな……。

ナチュラルに話しかけてきたあたり、ここでは新人にアドバイスをするような文化があるのかもしれない。

せっかくだから、戦い方についても少し聞いておくか。

「よろしく。……さっそく一つ聞きたいんだが、安全を確保するコツとかはあるか？」

「そうだな……いつも通り、自分のスタイルで戦うことだ。いつも通りの実力が島に通用する奴じゃなきゃ、乗船許可は下りないからな。変に気負って戦い方を変えるのは、大体ロクな結果にならない」

いつも通り戦えってことか。

確かに言われてみると、理にかなっている気がする。

敵を意識しすぎても、自滅することになりがちというわけか。

「ありがとう、参考になった」

「少しでも役に立てたならよかったよ。単独許可証持ちならすぐに活躍できるだろうし、早くバリバリ依頼をこなせるようになってくれたほうが、俺たちとしても助かる」

「……そういうものなのか？」

「ああ。強い冒険者が増えれば、そのぶん魔物が減って『地母神の涙』を集めやすくなるからな」


なるほど。

やけに親切だと思ったら、そういうことだったのか。

ここでは冒険者はライバルではなく、共に魔物を減らしてくれる仲間……といったところか。

この言い方からしても、やはり島にはいくらでも『地母神の涙』があるようだな。

でなければ採取は競争になるだろうし、他の冒険者はライバルみたいになるだろうし。

そんなことを考えていると、船が加速するような感覚があった。
どうやら船が出港したようだ。
さて……魔物たちは、ちゃんとついてこれるだろうか。

船が出港して数分後。

俺《おれ》は船の航路を確認して、船を後から追うプラウド・ウルフたちの様子を見ていた。

プラウド・ウルフは泳ぎの経験があると言っていただけあって、彼の犬かきは速かった。

犬かきとはいっても、地球にいる犬のようなゆっくりとしたものではない。

魔物ならではのパワーと速度を最大限に活用した、高速犬かきだ。

盛大な水しぶきとともに、プラウド・ウルフが猛然と水の中を進んでいく。

俺がクロールなどで泳ぐより、余程速いかもしれない。

流石《さすが》はあのプラウド・ウルフが、強い魔物から逃げる時に使っていたというだけのことはある。

プラウド・ウルフに関しては、心配いらなさそうだ。

問題は、まだ泳いだことがないと言っていたエンシェント・ライノだが……。
こちらはこちらで、全《まった》く問題なかった。

『……泳げるようになったな』

『っていうか、普通に俺より速いッスね……』

犬かきで進みながら、プラウド・ウルフがそう呟《つぶや》く。
エンシェント・ライノは、凄《すさ》まじいパワーと速さを持つ魔物だ。
同じ犬かきであれば、プラウド・ウルフより速いのは納得がいく。
しかしエンシェント・ライノの泳ぎは、犬かきではなかった。
水しぶきひとつ立てずに、彼は水の中を滑っていく。
平泳ぎだ。
人間でいう平泳ぎを、誰《だれ》にも教わらないまま習得している。

ほんの1時間ほど前に『泳げなければ海底を歩く』などと言っていた奴《やつ》とは思えないほどの、洗練された動きだ。

『お前、本当に泳ぐのは初めてか……？』

『初めてだ。船が出港するまでの間に、色々と泳ぎ方を試していたのだが……これが一番速いと思ってな』

独学で平泳ぎを開発したのか……。

クロールとかバタフライを教えてみたい気もするが、流石に魔物の関節では可動域が足りないような気もする。

まあ、あれだけ泳げれば十分すぎるくらいなので、無理に他の泳ぎ方を教える必要もないのだが。

いずれにしろ、魔物たちの移動問題は一旦《いったん》解決といったところか。

これでだいぶ戦いやすくなりそうだな。

『魔物に襲われたり、体力的にきつくなったりしたら教えてくれ』

『了解ッス！』


移動に問題がないのを確認してから、俺は船内を回ってみることにした。

別に船にはギルドしかないわけではないからな。

むしろ船を外から見た感じ、ギルドはほんの入口部分だけだ。

とりあえず……船の奥のほうから、断続的に金属を叩《たた》くような音が聞こえているのが気になる。

まずは、あっちに行ってみるか。

◇

金属音の聞こえるほうへと歩いていくと、そこには『鍛冶屋《かじや》』と書かれた部屋があった。

ギルドだけじゃなくて、鍛冶屋まであるのか……。

「おっ！　初めて見る顔だな！　新入りか？」

俺が扉から顔を出したのを見て、鍛冶屋のドワーフが手を止めてそう話しかけてきた。

危険地帯に行く船というだけあって、鍛冶屋には強力な武器の数々が……と思ったが、そうではなかった。

店頭に置かれているのはほとんど、戦闘用には見えない……というか、明らかに採掘用の装備だ。

「ああ。この船に乗るのは初めてだ」

「そうか！　ピッケルを用意してないなら、今のうちに買っとけ！」

そう言ってドワーフが、1本のピッケルを俺に差し出す。

鉱石採掘というと大型のツルハシのイメージがあるが、店に置かれているのはどれも片手で持てるようなサイズの……地球では登山などに使われそうなピッケルばかりだ。

採掘用の装備は、戦闘用の装備とは別に持ち歩かなければならない。

巨大なツルハシを背負ったまま強い魔物と戦うのは自殺行為に近い……と考えると、こういった軽量の装備のほうが向いているのだろう。

「ピッケルって、『地母神の涙《ちぼしん》』の採掘用だよな？」

「ああ。島で適当に拾っても使えないことはないが、ちゃんと研《と》がれてるとは限らねえから、新品を持っていったほうがいい」

「……拾えるものなのか？」

「荷物が多くなると危ないからって、使い捨てにする奴が多いんだよ。真面目《まじめ》に作ってる側としちゃ長く使ってほしいとこだが、命には代えられねえからな」

なるほど。

ピッケルにはどれも10万近い値段がついているが……これを使い捨てにしても割に合うというわけか。

なんとも贅沢《ぜいたく》というか……国の食料供給を支える一大事業ともなると、そういうものなのだろうか。

「あ、ちなみに捨てられたピッケルを持ち帰ってきてくれれば買い取るぞ。研げば使えそうなのもあるしな」

「そうか。見つけたら拾ってこよう」

「……無理はしないでほしいとこだがな。ピッケルは材料さえあれば作れるが、命は戻ってこねえからな」

命がけのリサイクルとなると、確かに割には合わないか。

まあ、島に慣れてくれれば安全な集め方も分かるかもしれないので、一応考えておこう。

……とはいっても、人海戦術であまり大量に集めてしまうと、現地調達するつもりの冒険者たちが困りそうだが。

そんなことを考えつつ俺は、並べられているピッケルを眺める。

島に入ったこともないのに、魔物の異変についての依頼を受けるわけにもいかないだろう。

そう考えると、一度は『地母神の涙』の採掘依頼を受けておいたほうがよさそうだ。

ということで俺も、採掘用の道具を1本持っておきたいんだが……。

「このピッケルがあれば、簡単に『地母神の涙』を砕《くだ》けるのか？」

「いや、簡単とは言えねえな。『地母神の涙』は硬いから、やっぱりコツとパワーは必要になる。慣れれば、結構簡単らしいけどな」

やっぱりそうか。

俺は他の冒険者などと比べると、かなり力は弱いはずだ。採掘に慣れているというわけでもない。

となると、扱いやすい小型ピッケルのほうが向いている……と見せかけて、恐らく実際は逆だ。

小さく軽いピッケルの場合、ほとんど自分の力だけで『地母神の涙』を砕く必要がある。

だが大型で重いツルハシの場合、振り上げることさえできればツルハシの重さが補助してくれる。

テクニックも、小さいピッケルに比べれば必要ないはずだ。力任せに振り下ろすだけでそれなりの威力が得られるのは、大きく重いツルハシならではだろう。

もちろん、持ち歩いたまま戦闘することを考えれば、ピッケルは小型のほうがいいというのは分かる。

だが……単に採掘という役割だけで言えば、大型のほうが間違いなく向いているはずだ。少なくとも初心者にとってはそうだ。

スライムがいれば持ち運びの大変さは関係がないので、力任せに『地母神の涙』を砕けるようなものが欲しいところだが……残念ながら、見当たらないな。

「もっと大きいツルハシはないのか？　力任せで『地母神の涙』を砕けるようなやつがいいんだが」

「旧式のでよければ、あることはあるが……重いぞ？」

「重いほうが、逆に扱いやすいだろ？　持ち運びはこいつがなんとかする」

そう言って俺は、肩に乗せたスライムを指す。

スライムを見て鍛冶屋は目を丸くした。

「スライム……剣士にも魔法使いにも見えない装備だと思ったが、テイマーってことか？」

「ああ。荷物の量はあまり問題にならない」

「この船でテイマーを見るのは初めてだが……許可が下りるってことは、大丈夫なんだろうな。分かった、持ってきてやる」

そう言って鍛冶屋は部屋の奥に入り、1本のツルハシを持って戻ってきた。

まさに炭鉱《たんこう》とかで使われそうな感じの、人の背丈ほどあるものだ。

これも上手《うま》く扱おうと思えば、やはり経験が必要なのだろうが……大きさと重さの分、適当に振り回してもそれなりの威力になるだろう。

「これでいいか？」

「……ちょっと重さを確認していいか？」

俺はそう言ってツルハシを受け取り、重さを確かめる。

重いことは重いが、振り上げられないというほどではない。

「これなら使えそうだ。値札がないが……」

「1万でいい。元々、使い道のないやつだからな。……ヤバかったらちゃんと捨てて逃げるんだぞ」

小さいピッケルより安いのか。

旧式のものが残っていて、ラッキーだったな。

まずはこれで一度、『地母神の涙』の採掘をやってみよう。

……まあ、島があまりに危険そうだったら、それも中止するが。

などと考えつつツルハシを買って鍛冶屋から出ると……スラバードの声が聞こえた。

『なんか、大きい魚がついてきてるよー！』

『……サメか』

スラバードは航空偵察を兼ねて、プラウド・ウルフたちの頭上についてもらっている。その視界に、サメと思しき生き物がエンシェント・ライノとプラウド・ウルフを追跡しているのが映っている。

しかも、なかなかでかい。
人間くらいはひと飲みにできそうなくらいのサイズだ。

『サメ……さ、魚の魔物ッスか⁉』

『魔物かは分からないが……大型の肉食魚だ。人間くらいは軽く食えそうな大きさだな……』

サメの顎《あご》が魔物相手に通用するかは微妙なところだが……少なくともサメ自身はいけると

思っているから、プラウド・ウルフたちの後を追っているのだろう。

エンシェント・ライノを嚙《か》んでも、間違いなく歯が折れるだろうが、プラウド・ウルフは微妙なところだな。

『ひぃぃ！　た、助けてほしいッス！』

『ああ。魔法が届く距離になったら『範囲凍結・中』を撃つから、もうちょっと近付くまで待とう』

『りょ、了解ッス！』

そう言ってプラウド・ウルフは前を向き、必死に犬かきを続ける。

距離が詰まったら魔法を撃つと言われていても、サメに近付かれるのは怖いようだ。

プラウド・ウルフだってそれなりに強い魔物なんだから、そこまでビビらなくていい気もするのだが……。

いくらプラウド・ウルフの犬かきが速くとも、所詮《しょせん》は犬かきだ。

サメの速度に勝てるわけもなく、距離はどんどん詰まっていく。
この調子でいけば、そう遠くないうちに追いつかれるだろう。
そんな中、優雅に平泳ぎを続けていたエンシェント・ライノが振り向いた。
『サメというのは、アレか』
そう言ってエンシェント・ライノが、サメを睨《にら》む。
どうやら、泳ぎながらでも見える距離のようだ。
『ああ。……あれって、魔物か？』
『……恐らく、ただの魚だ。主《あるじ》の手をわずらわせるまでもないな』
エンシェント・ライノはそう告《つ》げると……泳ぎの手を止め、咆哮《ほうこう》を上げた。
初めて会った時に結界魔法を砕いた咆哮が、水面を揺らす。
サメも身の危険を感じたようで、慌てて反転して逃げていった。

『……逃げたか』

『た、助かったッス……』

サメが逃げたと知って、プラウド・ウルフがほっとした様子で犬かきの速度を落とす。
これで一件落着……と見せかけて、すぐにまた異変が起きた。
上空を飛んでいたスラバードが、急激に高度を落とし始めたのだ。

『スラバード、大丈夫か？』

普段スラバードが飛んでいる距離に比べれば、今回の移動はさほど長い距離ではない。
だが海の上を飛ぶのは、普段とは違う負担があるのかもしれない。

特に、疲れた時に休む場所がないのは問題だ。
とまり木の代わりに結界魔法でも使って、休ませてやるべきだろうか。
などと俺が考える中、スラバードの呑気《のんき》な声が聞こえた。

『わ～い！　だいじょぶ～！』

そう言いながらもスラバードは、ますます速度を上げて急降下する。

このままだと墜落する……というところで、スラバードの行動の理由が分かった。

水面に、魚が浮いているのだ。

『……まさか、魚を捕るために降りたのか？』

『うん～！』

急降下しながら、スラバードがそう答える。

スラバードが元々いた高度からでは見えなかったが……スライムたちは食べ物に関して、謎《なぞ》の嗅覚《きゅうかく》を発揮する。

恐らく俺よりも早く、このあたりに魚が浮いていることに気付いていたのだろう。

『……私の咆哮に巻き込まれた魚か』

『そういうことだな』

エンシェント・ライノの咆哮は、結界魔法を砕くだけの力を持つ。
遠くで浴びたサメくらいなら、逃げる程度で済むが……たまたま近くに居合わせた魚は、たまったものではないだろう。
それで気絶して浮いてきたところで、哀《あわ》れにもスライムの餌食《えじき》となったわけだ。

『いける～？』

『うんー！』

スラバードは脚で摑《つか》んだスライムと言葉を交わしながら、器用にホバリングしてスライムを水面に下ろす。
ちょうどスライムの目の前に、浮いた魚がくるように。
それとほぼ同時に、スライムは体の中に魚を収納した。

『とったよー！』

『わ～い！　次とるよ～！』

そう言ってスラバードはまた飛び立ち、次の獲物の前までスライムを持っていく。
……完璧《かんぺき》なチームワークだな。食べ物が目当てだと、ここまで結束するのか。

恐らく地上に戻った後で、獲物は分け合うことになっているのだろう。
スラバードのくちばしでは小さい魚しか捕れないが、スライム収納なら大きな魚も簡単に収納できるから、効率が段違いだ。

分配の時に、喧嘩《けんか》にならないか心配だが……まあ、とりあえずは好きにさせておこう。
魚捕りに夢中で魔物やサメに襲われないかだけ、ちゃんと見張っておけばいいか。

そんなことを考えつつ様子を見ていると、水面に浮かんでいた魚たちも徐々に元気を取り戻し、海の中へと潜り始めた。

スライムたちは、慌てて気絶した魚を集めにかかる。

『次、あっち～！』

『向こうのやつ、にげそうなかんじ！』

『にげられたー！』

ワイワイ騒ぎながらスライムたちは、気絶から覚めるのが遅れた不運な魚たちを捕まえていった。

そして、魚がいなくなったのを見て……。

『さっきの、もういっかいやって～！』

なんとエンシェント・ライノに、2回目をねだった。

どうやら咆哮1回で捕れた魚の数では、満足しなかったようだ。

『了解した！』

エンシェント・ライノも言われるがままに咆哮を撒《ま》き散らし、魚をどんどん気絶させている。

なんというか……ダイナマイト漁を見ているような気分だ。

環境保護団体が見てたら怒りそうだな。

『……敵がいるわけじゃないのに、無理に咆哮を撃たなくてもいいんだぞ？』

『主よ、心配してくれるのは嬉《うれ》しいが……少し魔力を込めて吠《ほ》える程度、主に呪《のろ》いを解いてもらった今では何の負担にもならないぞ』

『そうか。じゃあ、その調子で続けてくれ』

『了解した！』

どうやら咆哮の連発は、エンシェント・ライノにとって負担にすらならないようだ。

まあ、別に大変じゃないということであれば、咆哮漁をすること自体に問題はないな。

むしろスラバードたちが自分で美味《おい》しいものを調達してくれるなら、いいことでもある。

……環境破壊は環境破壊だが、森と違ってドライアドがいないから気楽だしな。

自分たちで食べるぶんだけ捕るなら、問題ないだろう。

『魚は好きなだけ捕っていいが、船に置いていかれないように気をつけるんだぞ』

『はーい！』

『やったー！』

スライムたちの返事を聞いてから気付いた。

あいつら相手に『好きなだけ捕っていい』は、少々まずいのではないかと。

まあ、島に着くまでの間くらいならいいか。

さすがのスライムたちも、そんな短時間で生態系を破壊したりはできないはずだし。……多分。

……こうしてスライムたちが魚を乱獲《らんかく》している間に、船はどんどん進んでいった。

◇

「あと10分ほどで到着する！　下船する者は甲板《かんぱん》に出てくれ！」
しばらく船内を見て回っているうちに、ギルド職員の声が聞こえた。
どうやら、船がそろそろ着くようだ。
『魚捕りは終わりだ。島の様子を見てきてくれ』
『は〜い！』
スラバードはそう言って船を追い抜かし、先へと進む。
すると、島が見えてきた。

一見、そこまで強そうな魔物の姿は見えない。

確かに、数としては少なくないが……どれも『火球』あたりで倒せそうな魔物ばかりだ。

島の奥地にまで踏み込むかはともかく、これなら上陸するくらいは大丈夫だと思うが……一応、スライムたちの意見も聞いておいたほうがいいだろうな。

索敵《さくてき》に関しては、俺よりスライムたちのほうが専門だ。

『これ、上陸して大丈夫だと思うか？』

『おいしそうー！』

『おっきい木の葉っぱ、美味しそう……！』

答えになっていなかった。

だが、それを責めるつもりはない。

スライムが葉っぱに気を取られるのはいつものことだが……今回に限っては、俺自身も島に生えている木々のことが気になっていたからだ。

『美味しそうっていうか……でかくないか？』

島に生えている木々は、普通の森で見かけるようなものとは明らかにサイズが違った。

少し大きいとか、そういうレベルではない。

たとえ『これは世界樹だ』などと言われても驚かないような大きさの木が、平然と何本も生えているのだ。

島の端のほうに生えた木は割と普通のサイズだが、島の中心に行くほど大きくなり、一番大きな木になるとスラバードのいる高度にさえ届きそうなほどだ。

『でっかいねー』

『食べるとこ、いっぱいあるー！』

スライムたちはのんきに葉っぱについて話しているが……これ、島の中心部に立ち入る時には注意が必要だな。

大量の枝葉に覆《おお》い隠されているせいで、スラバードによる航空偵察はやりにくい。
さらに……枝葉の密度を考えると、日光もかなりの部分が遮《さえぎ》られるはずだ。
森の中は、かなり暗いかもしれないな。

『これも『地母神の涙』の影響なのか……？　それとも、こういう種類の木なのか？』

『あそこの葉っぱ、いつものやつとおなじー！』

『たぶん、おなじ木だと思うー！』

なるほど。
スライムたちの葉っぱ情報は恐らく正確なので、木の種類自体は普通なのだろう。

だとすると、この木の状態は『地母神の涙』の影響ってことだな。
凄まじい効果の肥料になるとは聞いていたが……これは説得力がある。
土産《みやげ》代わりに持っていったら、ドライアドあたりが喜ぶだろうか。

『……で、上陸して大丈夫だと思うか？』

『だいじょぶー！』

『ユージがいれば、だいじょぶー！』

どうやらスライムも上陸に賛成のようだ。

どこまで進むかは、様子を見ながら決めなければならないが……とりあえず、上陸するだけしてみよう。

『分かった。上陸するから、プラウド・ウルフたちも到着次第来てくれ』

『了解ッス！』

などと会話を交わしながら、俺は甲板に出る。

するとそこには、何名もの冒険者たちが並んで島のほうを見ていた。

「おう、ユージ！　一人で降りるのか？」

そう俺に声をかけたのは、先程島について教えてくれたブレイザーだ。

どうやらパーティーで来ているらしく、周囲にはメンバーらしき冒険者が3人いた。

甲板に出ている冒険者の中でも、かなりのベテランたちといった雰囲気だ。

「ああ。一緒に行く仲間もいないからな」

「それなら、今日だけ俺たちのパーティーに入るってのはどうだ？　……いくらなんでも、最初から一人ってのは大変だろ？」

提案としてはありがたい。

今回は下見程度の予定だから『極滅《きょくめつ》の業火《ごうか》』などの目立つ魔法を使う必要はないし、他の冒険者が周囲にいることによる悪影響は小さい。

プラウド・ウルフたちに関しても、緊急時以外は合流できなくても大丈夫だろうし。

俺としては、ほぼデメリットのない提案だ。

しかし……迷惑じゃないだろうか。

そう考えていると、周囲から別の冒険者たちが割り込んだ。

「おいブレイザー、まさかライルが抜けた穴埋めに新人を使うつもりじゃないよな？　新人に無理させせんなよー？」

「そうだぞ！　ただでさえ人手不足なんだから、新人は大事にすべきだ！　もっと森の浅いところまでしか入らないパーティーでだな……」

「同意する。……うちのパーティーは浅いところで戦うから、うちに来るのはどうだ？」

なんというか、みんな親切だな……。

パーティーに勧誘してくれる冒険者までいるし。

やっぱり新人に親切な島だったようだ。

とりあえず、先程気になる話が出ていたので、それについて聞いてみるか。

「ブレイザー、パーティーメンバーが抜けたってのは本当か？」

「ああ。ライルっていう魔法使いがいたんだが……もう島で戦うのはきつい歳《とし》だってことで、地元に帰ったんだ。ただ、別にユージを穴埋めにするつもりはない。元々、今のメンバーで戦える場所で戦うつもりだったしな」

なるほど。

ブレイザーは、俺を穴埋めにするつもりはないと言っているが……魔法使いが抜けたパーティーなら、俺もそこそこ役に立てそうだな。

イビルドミナス島で通用するレベルかは、やってみなければ分からないが。

そう考えていると、また他の冒険者が口を開いた。

「それにしても……ブレイザーのパーティーってのはどうなんだ？　普通はベテランが入るとこだろ」

「ああ。戦力不足は論外だが、新人が強いやつに囲まれすぎるのも考えものだ。自分と同じくらいのレベルの奴と戦ったほうが、変な癖《くせ》がつかない」

「だったら、なおさらウチに入るべきだな。何しろ……このユージは、単独許可証持ちだ」

「「単独許可証!?」」

冒険者たちの声が重なった。

どうやら単独許可証は、彼らにとっても驚きに値するものだったようだ。

ギルドでは、何も言われずに渡されたんだけどな……。

「新人で単独許可証って……それ、とんでもない化け物じゃないのか?」

「普通はベテランでさえ、よっぽどの奴じゃなきゃ許可が下りないからな……。未経験でも単独で戦えるって判断されたってことだろ?」

「……それなら確かに、ブレイザーのパーティーがよさそうだな。うちだと、俺たちが逆に足手まといだ」

「一人で船に乗ってるから、大丈夫かと思ってたんだが……心配して損したぜ」

そう言って冒険者たちは、また甲板に散っていった。

どうやら彼らは、俺がブレイザーのパーティーに入っても問題ないと判断したようだ。

となると……。

「分かった。今日1日だけパーティーに入れてほしい」

「よっしゃ！　よろしくな、ユージ！　……見たところテイマーみたいだが、どんなスタイルなんだ？」

「……戦闘スタイルも聞かずに誘ってくれて、大丈夫だったのか？」

普通、職業とかってパーティーに誘う前に聞くよな……。

幸い俺は前に抜けた冒険者と同じ、魔法を使うタイプの冒険者なので問題ないが……俺が前衛とかだったら、パーティーのバランスとかが結構違ってきただろうし。

「単独許可証が発行されてるってことは、十分戦えるってことだからな。戦闘スタイルが多少普通と違っても、地力さえあれば何とかなる」

「そういうものか。……実は俺はテイマーだが、主に魔法で戦うんだ」

「魔法か。テイマーが使うってのは初めて聞くが……ちょうど足りなかった役回りだな。ユージがどのくらい戦えるかによっては少し奥に行こうと思うが、大丈夫か？」

「ああ。判断は任せる」

いきなり奥に行くのは心配な面もあるが、ここはベテランの判断を信じていい部分だろう。無理をして自滅するような判断力だったら、島で長く生き残ってはいないだろうし。

「任された。……もう島に着くから、パーティーメンバーの自己紹介は上陸してからにしよう。接岸時間は短いから、出遅れると泳いで島に上がるハメになるぞ」

そう言ってブレイザーは、島のほうを指す。

ブレイザーと話しているうちに、島はもう目前に迫っていた。

……というか距離の割に、船が随分《ずいぶん》と速い気がする。

普通、もっと手前で速度を落とすものだと思うのだが。

「……なあ、この船ってすごい減速装置を積んでたりするのか？」

「いや、別に積んでないぞ。でかくて頑丈《がんじょう》ではあるが、基本的には普通の船だ」

「この速度だと、島にぶつからないか？」

そう言っている間にも、岸壁はどんどん近付いてくる。

水深は深いようなので座礁《ざしょう》はしなさそうだが……どうみても岸壁に激突する速度だ。

「ああ。適当なものに捕まっておいたほうがいいぞ」

あたりを見回すと、他の冒険者たちも手近なものに捕まって、衝撃に耐えるような姿勢をとっていた。

……激突前提かよ。

そういえば船の側面に装甲板が張られていたが、あれは魔物やサメの対策というより、自分から島にぶつかるからだったのか。

「随分と荒々《あらあら》しい接岸だな……」

「のんびり船を泊めてると、なぜか魔物が集まってくるんだよな。それで、こういう形になったんだ。……そろそろだな」

ブレイザーがそう告げた直後、鈍《にぶ》い音とともに衝撃があった。

船が岸壁に激突したのだ。

「さあ、いくぞ！」

そう言ってブレイザーは助走をつけ、船から飛び降りる。
周囲の冒険者たちも同様に、岸壁へと飛び移っていった。

「飛び降りるのか……」

俺《おれ》はそう呟《つぶや》きつつも、周囲にならって助走をつけながら船を飛び降りた。

幸い、甲板《かんぱん》と岸壁の高さはほとんど変わらなかったので、着地は簡単だった。

「下船は完了です！　乗船を開始してください！」

俺たちが飛び降りたところで、ギルド職員がそう叫んだ。

すると今度は、岸壁で待っていた冒険者たちが船に飛び乗っていく。

これも、岸壁と船の高さが同じだからできる芸当だな。

……恐らく船が1日に2回しか来ないというのも、これが理由なのだろう。

潮の満ち引きによって、船の高さが岸壁に合ったり合わなかったりするというわけだ。

などと考えているうちに、冒険者たちは船に乗り込み終わった。

「乗船が完了！　出港します！」

冒険者を積み終わるなり、船は岸を離れていった。

接岸していた時間は、1分もなかったのではないだろうか。

船の姿は、見る間に遠ざかっていく。

こうして島に取り残されたところで、ブレイザーが俺に声をかけた。

「さて、早速自己紹介といくか。……俺はリーダーのブレイザー。前衛と索敵《さくてき》を担当している」

「双剣士のバルドだ。前衛を担当する」

「弓使いのエリアだ。矢には限りがあるから、必要だと判断した時だけ戦う」

「鈍器《どんき》使いのジエスだ。前衛だが、どちらかというと攻撃重視だな」

簡潔な自己紹介だな。

この島では、そういうものなのだろうか。

まあ郷に入れば郷に従えというし、俺も最低限の戦闘スタイルが分かる程度の紹介にしておこう。

「テイマーのユージだ。主に魔法で戦うが……詳しい戦闘スタイルとかも話したほうがいいか？」

「いや、実際に見たほうがいいだろう。あれこれ話すより、そっちのほうが早いからな。じっくり作戦会議をするのは、その後にしよう」

なるほど。

自己紹介が簡潔なのは、『見れば分かる』ということだったようだ。

なんとも合理的というか……船の上では冒険者たちも普通に話していたので、これは冒険者たちの性格というよりも、この島特有の習慣なのだろう。

本当の意味での『安全地帯』などないので、のんびり話している時間はないというわけだ。

まあ、単にベテラン冒険者だと、動きを見るだけで相手の実力が分かってしまうということかもしれないが（俺はもちろん分からない）。

とはいえ、あくまで『無駄《むだ》に時間を使わない』というだけで、戦闘を実際に見てスタイルを理解した後では、ちゃんと作戦会議をするようだが。

連携不足な状態で奥地に踏み込むわけにもいかないから、これは当然だろう。

などと考えつつ俺は、ブレイザーの後をついていく。

しばらくすると、ブレイザーが立ち止まった。

「ユージの実力が分からないから、まずは浅い場所で戦う。このあたりだと『地母神《ちぼしん》の涙』はもう採り尽くされてるが、島に慣れるには最適だ」

「分かった。……戦い方に指示とかはあるか？」

「いや、特に指示はしない。まずはいつものスタイルで動いてみてくれ」

いつものスタイルか……。

正直なところ、普段はソロだから『パーティー戦におけるいつものスタイル』なんてものはないのだが……まあ、普通に戦ってみるか。

とりあえず、魔法転送は隠しておくとして……味方だけ巻き込まないように魔法を撃てば大丈夫だろう。

そう考えつつ俺は、『感覚共有』を介して周囲の状況を探る。

プラウド・ウルフたちはまだ到着していないが……スラバードが運んでくれたおかげで、スライムたちはもう島の中に散らばっているので、索敵能力はほぼ普段通りと言っていい。

『ユージのほうに、まものがいってるよー！』

『了解』

早速1匹の魔物がこちらへ向かっているようだ。

魔物の種類は、よく見かけるイノシシ系だが……サイズがかなり大きい。

俺が索敵役として入っているパーティーであれば、迷わず注意を促《うなが》すところだが……このパーティーでは、ブレイザーが索敵役という話だ。

ブレイザーもこの島で索敵役を務めている以上、役としての十分な能力を持っているはずだ。だとしたら、横から口出しして混乱させるよりも、ブレイザーを信じたほうがいいかもしれない。

……だが、魔物に先に気付いた以上、やはり伝えるべきだろうか？　悩ましいところだ。

そう考えていると、ブレイザーが声を上げた。

「右斜め前方から魔物が来るぞ。多分ドミナス・ボアだ。気をつけてくれ」

どうやら俺が伝える前に気付いたようだ。

まだ魔物の姿は、人間に目視できる距離ではないはずだが……気配か何かを探っているのだろうか。

試しに『感覚共有』を介して名前を確認してみると、確かに魔物の名前は『ドミナス・ボア』になっている。

魔物が見えない距離から、種類まで分かってしまうとは……俺には分からない世界だ。

もしやブレイザーも実はテイマーで、遠くから魔物を偵察しているとかじゃないよな？


などと思案しつつも、俺は戦い方を考える。

パーティーの戦力的な意味では、俺が手を出す必要はない相手かもしれないが……今ここで戦っているのは、主に俺の実力を測るためのはずだ。

『地母神の涙』が採れない場所でのテストに時間をかけさせるのも申し訳ないし、まずは積極的に戦うべきだろう。


となると、攻撃のタイミングは限られてくる。

このパーティーには前衛がいるが、前衛が敵の攻撃を受け止めているようなタイミングで『火球』などを放てば、味方を巻き込みかねない。

だから、敵が近付く前が攻撃に向いたタイミングだ。


『炎属性適正が5以上のスライムは、一旦《いったん》離れておいてくれ』

『はーい！』

まずは過剰な威力による事故を防ぐために、強力すぎる炎属性適正を持ったスライムには離れていてもらうことにした。

これで俺が使う魔法は、炎属性適正4の威力になる。

普通の魔物が相手の場合は、炎属性適正ゼロで戦うのだが……この島だと、流石《さすが》にそれでは弱すぎる気がする。

あまり弱く見られて、パーティーの足を引っ張るような形になっても申し訳ないので、4くらいはあったほうがいいだろう。

まずはこのくらい……あまり目立たないレベルの魔法で様子を見てみよう。

パーティーから抜けた魔法使いがどのくらいの強さなのかは分からないが、反応を見ながら威力を調整していくというわけだ。

魔法を放つタイミングに気をつけながら、俺は魔物が出てくるほうを見つめる。

そして、攻撃しやすそうな位置に魔物が出てきたところで、魔法を唱《とな》えた。

「火球！」


炎属性適正４によって強化された火球が、魔物のほうへと飛んでいく。

魔物は案の定火球をかわし、直撃を避《よ》けたが……元々、俺の狙《ねら》いは足元の地面だ。

ドミナス・ボアが先程までいた場所に火球が当たり、ほどほどの威力の爆発《ばくはつ》を起こした。

爆風が地面を薙《な》ぎ払い、ドミナス・ボアが吹き飛ばされる。


「ブオオォォ！」


吹き飛ばされた先で、ドミナス・ボアが怒りの声を上げた。

戦意は全《まった》く消えていない……というかピンピンしている。

高威力の魔法なら倒せたのかもしれないが、今回の魔法の威力では、大したダメージにはならないようだ。


……正直、威力を絞りすぎたかもしれないな。

大陸の魔物ならこのくらいの威力でも大ダメージになることが多いのだが、思ったより魔物が頑丈《がんじょう》だった。

離れてもらったスライムを呼び戻していると、その間に勝負がついてしまいそうだな。

かといって『極滅《きょくめつ》の業火《ごうか》』は明らかに行きすぎだし、丁度いい威力の魔法がない。

属性魔法適性によって強化された魔法は、あまり細かい威力調整に向いていないのだ。

一旦は手を引いて、後は仲間に任せるという手もある。

だが、そうすると下手《へた》をすれば、一発で戦力外認定を食らってしまいかねないな。

危険な島だからこそ、判断はシビアだろうし。

と考えると、ここは多少無理やりでも追撃しておくべきだろう。

威力が不足しているなら、手数で勝負だ。

「火球」

立ち上がったドミナス・ボアに、またも火球を撃ち込む。

このタイミングでは、回避は間に合わない。

火球が直撃し、炎がドミナス・ボアを焼く。

「ブモォォォ……」

だが、まだ生きているようだ。

中々しぶといな……。

「火球」

さらに追撃。

今度こそ、ドミナス・ボアは絶命した。

「……なんとかなったか」

森の浅い場所の魔物1匹に、随分《ずいぶん》と手間取ってしまった。

これで『地母神の涙』がある場所まで行けないなんてことになったら、目も当てられない。

なんとか及第点を取れていればいいのだが……。

そう考えて俺は、パーティーメンバーの反応をうかがう。

「ユージ、お前……」

「未経験で単独許可証が下りたって聞いたから、どんな実力かと思ったら……」

「いや、これはおかしいだろ……」

……あれ？

何か失敗してしまっただろうか。

「ユージ、なんで倒せるんだ？」

「なんでって……森の浅い場所の魔物は、短時間で倒せなきゃダメだよな……？」

話を聞く限り、この島の森は奥へ行くほど厳しい環境になるという話だ。

こんな浅い場所で苦戦しているようでは、『地母神の涙』があるような場所では戦えないと思っていたのだが……。

「いや……こいつは森の浅い場所の魔物じゃないぞ。普通はもっと奥地にいるはずの魔物が、なぜかここにいたんだ」

「というか、こんなのがたくさん出てくる場所なんか、どうやって戦うんだよ」

そうだったのか……。

スライムたちの索敵網を見る感じ、これと同じ魔物が森の浅い場所に沢山いるようだったので、そういうものだと思っていたのだが。

もしかしたらこれも、森の異変と関係があるのかもしれないな。

「……とりあえず、ユージの実力に問題がないことは分かった。……問題は燃費だな。あんな威力の魔法を連発して、魔力がもつのか？　撃てる回数に限りがあるなら、切り札としてとっておきたいところだが」

「普通に魔法を撃ちながら戦っても、1日くらいなら何とかなるはずだ」

「マジかよ……そりゃ、未経験なのに単独許可証が下りるわけだ」

そう告《つ》げながらもブレイザーの目線は、周囲に向けられている。

どうやら話しながらでも、警戒は怠《おこた》っていないようだ。

……まあ、スライムたちによる監視の結果を見る限り、恐らく周囲に魔物はいないのだが。

しかしブレイザーへの負担を考えると、俺も索敵に協力すると申し出たほうがいいだろうか。

いくら高い索敵能力を持っていても、一人で周囲を見張るのは大変だろうし。

そう思案していると、ブレイザーが口を開いた。

「ところでユージ、実はさっきのドミナス・ボアの接近、先に見つけてなかったか？」

……気付いていたのか。

魔物の警戒をしながら、味方の状況まで把握してるんだな……。

「距離が遠かったから一旦様子を見ていたが、伝えたほうがよかったか？」

「いや、索敵役がリーダーを兼ねるパーティーの場合、遠くの敵の報告は必要ないんだが……もしかして、今も遠くまで見えてたりしないか？」

「テイムしたスライムが教えてくれるから、半径1キロ弱は分かるな」

「1キロ……凄《すさ》まじいな。悪いが索敵も手伝ってほしい。見つけた魔物のうち、接敵するとユージが判断したものだけで構わない」

「分かった」

これで索敵役が二人というわけか。

正確に言えば二人ではなく、二人と数百匹だが。

「でも何で、俺が魔物に気付いてるって分かったんだ？」

「主に位置のとり方だな。俺が報告する前から、向こうから敵が来る前提で動いていたように見えた」

なるほど。

意識してそう動いたつもりはなかったのだが、なんとなく魔法が撃ちやすい位置に回っていたというわけか。

「まあ……そう確信したのは、ユージの動きの無防備さを見てだけどな。全く周囲を見ていない。いくら俺が索敵役をしているとはいっても、魔物が来ないのを確信してなきゃできない動きだ」

「それで、スライムに索敵能力があると気付いたわけか……」

「スライムかどうかは分からなかったが、何かあるとは思ったな」

確かに俺は普段から、自分の目で魔物を警戒することがないからな。

自分で警戒するより『感覚共有』を使ってスライム経由で見たほうが確実だし。

「この戦力なら問題ないと見て、すぐ『地母神の涙』を取りに行こうと思うが、全員それでいいか？」

「俺は大丈夫だ」

「問題ない」

「ああ。そうしよう」

ブレイザーの提案に、全員が賛成した。

俺はまだ奥地の危険度が分かっていないのだが……ブレイザーが行けるというなら、それを信じるべきだろう。

そういった判断をしてもらうために、経験者の多いパーティーに入ったのだし。

「では作戦だが……現状の戦力からいくと、ユージを主戦力に据《す》えるのがいいだろうな。接近されるまでにユージの攻撃で倒して、できるだけ敵を近付かせないようにしたい。エリアの矢も温存だ」

「ちょっと待て。前衛の俺たちがいるんだから、まず動きを止めてから魔法を撃ってもらったほうが、ユージの魔力負担が小さくないか？」

「バルドの意見に賛成だ。そもそもブレイザーが言った作戦だと、ユージを一人で戦わせるようなものじゃないか」

ブレイザーの提案に、初めて反対意見が出たな。

反対したのは双剣士のバルドと、鈍器使いのジエスだ。

二人の反対を聞いて、ブレイザーが口を開く。

「そう思う気持ちはよく分かるが……恐らくユージも、そのほうが戦いやすいはずだ」

「……どういうことだ？」

「動きからしてユージは、ソロの戦闘に慣れている。まだ距離が遠いうちから最初の魔法を撃ったのも、間違って俺たちを巻き込まないようにしたんじゃないか？　……威力って意味でも、前衛がいたら巻き込みかねないしな」

そこまで分かってたのか……。

観察力というか、もはや超能力の域だな。

島に来たばかりの時に『話す前に、まずは戦いを見てみよう』と言っていた理由がよく分かる。

短時間の戦闘でこれだけの情報を摑《つか》める力があるなら、見る前に話を聞くのは時間のムダでしかないだろう。

「それに、俺たちにだって仕事はあるぞ。ユージの攻撃をかいくぐって近くまで来た魔物がいたら、俺たち４人だけで対処する」

「ユージ抜きってことか」

「ああ。ユージには新たな魔物を近付けないことに専念してもらうってわけだ。……数さえ減らしてもらえば、俺たち4人で十分だからな」

なるほど。

俺の魔法を使って魔物を間引いて、あとは任せろというわけか。

確かに合理的な戦術だ。俺は俺で巻き込みを気にせず戦えるし、彼らは彼らで普段のパーティーとしての連携ができる。

近くまで来た敵を攻撃しないというのは、一見非効率に見えるが……メンバーの特徴をよく分かっているからこそ提案できる、合理的な戦術といえるだろう。

「さて……今の理由を踏まえて、反対意見はあるか？」

今度は、誰《だれ》も答えなかった。

どうやら賛成のようだ。

「よし、じゃあ行くぞ！」

こうして俺たちは、『地母神の涙』が待つ、島の奥へと向かうことになった。

◇

島の奥地に向かって進み始めて、数十分後。
森の木々が急激に密度と高さを増し、周囲は暗くなっていった。
それに伴《ともな》って、魔物も増えてきたのだが……。

「火球」

俺の魔法で、巨大な蛇《へび》の姿をした魔物が息絶《いきた》える。
それを見ながら、バルドがつぶやいた。

「なあブレイザー、さっき『俺たちにだって仕事はあるぞ。ユージの攻撃をかいくぐって近くまで来た魔物がいたら、俺たち4人だけで対処する』とか言ってたよな」

「……よく覚えてるな」

「ブレイザー、嘘《うそ》をついたな？　仕事なんてないじゃないか」
「すまん。嘘をつくつもりではなかったんだ。……まあ戦闘で仕事がなくても、採掘や輸送では仕事があるさ」

バルドの言っていることは本当だ。
今のところ、彼らに仕事……戦闘という意味での『仕事』はなかった。
というのも、向かってきた魔物は全《すべ》て、火球で焼け死んでしまったのだ。

こんなことになっているのには理由がある。
ブレイザーがいると、手が抜けないのだ。

正直なところ、少し火球のペースを落として、魔物を接近させることは何度も考えた。
だが……ブレイザーが見る前で手を抜いて、バレない自信が全くないのだ。

というか、無理だろう。

一度戦闘を見ただけで俺の戦闘スタイルから索敵能力まで一発で見抜くような奴相手《やつ》に、どうやってバレずに手を抜けというのか。

というわけで俺は若干の居心地悪さを感じつつも、来る魔物を全て倒すハメになっているのだ。

ただ、だからといって彼らが仕事をしていないということにはならない。

彼らが周囲につき、『地母神の涙』のある場所へと案内し、失敗した時にはバックアップしてくれる準備があるからこそ、俺は安心してここで戦えているのだ。

俺がもしソロのままだったら、恐らくまだスライムたちと周囲の安全を確認していただろう。

しかし、それでは彼らが納得しないかもしれない。

最悪バレる覚悟で、魔物を撃ち漏《も》らすべきだろうか。

などと考えつつ進んでいると、ブレイザーがつぶやいた。

「ユージ、負担が大きかったら遠慮なく言ってくれ。今日は特に魔物が多い気がするからな……でも、俺たちに気を使って手抜きする必要はないぞ」

「……ああ。ありがとう」

……読心術でもあるのだろうか？

それとも経験豊富な冒険者というのは、みんなこんな感じなのか……？

「さて……ようやく俺《おれ》たちにも出番が来たみたいだ」

さらに5分ほど進んだところで、ブレイザーがそう告《つ》げた。

魔物の撃ち漏《も》らしはなかったつもりなのだが……もしや、見落としがあっただろうか。

そう考えて周囲を見回すが、魔物は見当たらない。

「……ユージ、そこの岩に『火球』を撃ってみてくれるか」

そう言ってブレイザーが指したのは、大量の草木に覆《おお》われた巨岩だ。

もしかして、これが『地母神《ちぼしん》の涙』なのだろうか。

「分かった。……火球」

俺はそう言って、巨岩に魔法を放つ。

すると、炎によって草木が焼き払われ……中から、透き通った岩が顔を出した。

地表に出ているだけでも数十トンはありそうだが……岩の下部は地面に埋まっているため、全体ではどれだけの重さがあるのか分からないくらいだ。

「これが『地母神の涙』か……」

「ああ。こいつを砕《くだ》いて持って帰ればいいんだが、これが硬いんだよな……。採掘をする間、警戒を頼む」

そう言いながらもブレイザーはピッケルを取り出して、勢いよく振り下ろす。

すると『地母神の涙』の表面が、わずかに削《けず》れた。

ピッケルが作ったごく小さい溝《みぞ》に向かって、ブレイザーは何度もピッケルを振り、徐々に溝を大きくしていく。

そして数分後、ようやく小石ほどの『地母神の涙』が塊《かたまり》から落ちた。

「こんな感じだ。単独活動では必要になる技術だから、ユージも練習しておくといい。……ピッケルは持ってきてるか？」

「ああ。……スライム、出してくれ」

『はーい！』

そう言ってスライムが俺に、船で買ってきたツルハシを手渡してくれる。

スライムがツルハシを吐き出したのを見て、ブレイザーは一瞬目を丸くしたが……すぐに冷静な表情に戻って、俺に尋ねた。

「その大きさ……昔使われていたタイプのツルハシか。スライムってのは便利なんだな」

「ああ。こっちのほうが初心者には扱いやすそうだと思ってな」

「確かに、力は入りやすいかもしれないが……旧式は旧式で、結構難しいって聞いたぞ。……まあやってみるといい」

これだけ大きな鉄の刃を振り下ろせば、ちょっとは削れそうなものだが……そうもいかないのだろうか。

まあ、とりあえずやってみよう。

「こんな感じか？」

俺はそう言いながらツルハシを振り上げ、力任せに振り下ろす。

すると……鋭い音とともに、『地母神の涙』が砕け散った。

先程ブレイザーが削ったものより大きい塊が、ガラガラと音を立てながら転がっていく。

なんというか、『地母神の涙』のバーゲンセールって感じだ。

「……は？」

「地母神の涙がそんなふうに砕けるの、見たことないんだが……」

「旧式の道具って、こんなに強かったのか?」

「いや……いくら重くても、こんな芸当ができるなら頑張って持っていくだろ」

これは、ビギナーズラックというやつだろうか。

そう考えて俺は、もう一度ツルハシを振る。

すると……またも『地母神の涙』が、砕け散った。


「……何だこれ……」


ブレイザーが、呆《あき》れた声でそう呟《つぶや》く。

これは、もしかして……『超級戦闘術』あたりの影響だろうか。

リクアルドで斧《おの》を使って木を切った時にも、『むちゃくちゃな構えなのに、なぜかよく切れる』とか言われてたな。

これは別に戦闘ではないが、ツルハシも武器に近いものなので、効果の範囲内なのだろうか。

自分のスキルではあるのだが、効果を詳しく把握していないんだよな……。

魔法と違い、意識して使うようなものではないため、どこからがスキルの力なのかがはっきりしないのだ。

今考えると、俺が『ケシスの短剣』を何とか使いこなせているのも、この『超級戦闘術』の影響なのかもしれない。

まあ、スキルについては後でじっくり考えるとして……まずは砕いた『地母神の涙』を拾っておこう。


俺の足元には、バスケットボール大の塊が落ちている。

これ一つで、一体いくらになるだろうか。

などと考えつつ俺は、その塊を拾い上げようとする。


だが……持ち上がらない。

どんなに力を入れても、まるで地面に固定でもされているかのように動かないのだ。

あまり頑張りすぎると腰を壊しそうなので、一旦《いったん》岩から手を離して尋ねてみる。


「……これ、重くないか？」

「ああ。『地母神の涙』はめちゃくちゃ重いぞ。……これ一つで1キロはある。そこまで大きいと、そもそも持ち帰るのも難しいはずだ」

そう言ってブレイザーが、先程削り取った小石ほどの『地母神の涙』を指す。

となると、今俺が持ち上げようとしている塊は……下手《へた》をすれば1トン近くあるな。

道理で持ち上がらないわけだ。

というか……さっきのツルハシの一撃で転げ落ちた岩、全部この重さだったのか。

うっかり足の上にでも落としていたら大惨事《だいさんじ》だったな……。

次から、労働災害には気をつけることにしよう。

「これなんか、ちょうどいいんじゃないか？」

そう言ってジエスは、俺が持ち上げようとしたものに比べて10分の1ほどの大きさの塊を拾い上げた。

あの大きさでも100キロくらいはあるはずだが……怪力だな……。

とはいえ、別に人力で運ぶことにこだわる必要はない。
スライム収納のことはギルドなどにも伝えているので、隠さなくてもいいしな。

「スライム、頼む」

『はーい！』

スライムたちはそう言って周囲に散らばっていき、『地母神の涙』を次々と収納していく。
人間では持ち上がらない重さも、スライム収納には全《まった》く関係がない。
ブレイザーはそれを呆れ顔で眺めながら、口を開く。

「なあ、ジエス」

「何だ」

「少し前に『戦闘で仕事がなくても、採掘や輸送では仕事がある』って言ったの、覚えてるか？」

「ああ。覚えてる」

「すまん、あれは嘘《うそ》だった」

「そうみたいだな……」

そう言いながらジエスとブレイザーは、スライムたちが『地母神の涙』を回収して回るのを眺めていた。

……こういった依頼では、スライムの収納は反則級だよな……。

◇

俺たちが『地母神の涙』を回収し終わり、帰路についた頃《ころ》。

プラウド・ウルフとエンシェント・ライノから、連絡が入った。

『主《あるじ》よ、島に着いたぞ』

『な、なんか……木がでっかいッス！』

どうやら、泳ぎきったようだ。

船でもそれなりに時間がかかった距離なのだが……意外と早く着いたな。

犬かきとは思えない早さだ。

『ご苦労だった。俺たちも今から船に戻るから、しばらく島で休んでいてくれ』

『……この島、ヤバい魔物がいっぱいいいるッスよね⁉　どこか安全な場所はないッスか⁉』

『安全な場所か……ないな』

強《し》いて言えば島の端っこあたりは、比較的安全なようだが……そもそも島の中に安全地帯がないからこそ、超重要資源のある島にもかかわらず建物がないわけだ。

船着き場ですら安全ではないということは、この島で安全を確保するのは無理なのだろう。

とはいえ船に乗れないプラウド・ウルフたちを、そのままにするわけにもいかないし……安全地帯がないなら、作ればいいのか。

『魔法転送——対物理結界』

俺はプラウド・ウルフに魔法を転送し、彼らを囲うような結界を張った。
少なくともこれで、何かあった時に攻撃魔法を転送する程度の時間は稼げるだろう。

『あ、ありがたいッス……！』

『結界も絶対じゃないから、何か敵が来たら教えてくれ』

『了解ッス！』

そう会話を交わしつつ、俺たちは帰り道を進み続けた。

◇

『あの……そろそろ、結界の外に出ていいッスか？』

プラウド・ウルフたちが島に着いてから30分ほど経《た》った頃。

ふいにプラウド・ウルフが、そう話しかけてきた。

なんというか……いつものプラウド・ウルフらしくない発言だ。

こんな危険な島だと、プラウド・ウルフなら何日間でも結界の中に閉じこもりたがりそうなものだが……どういう風の吹き回しだろうか。

『何か、出たい事情があるのか？』

『事情ってわけじゃないッスけど……この島の魔物と、戦ってみたいッス！』

……これは……さては、悪いものでも食べたのだろうか。

それとも泳ぎすぎによる酸欠で、脳に酸素が回っていない……？

いずれにしろ、ただごとではない。

間違いなく何らかの状態異常にかかっているはずだ。

そう考えて俺は、プラウド・ウルフのステータスを確認する。


だが……状態異常はなかった。

驚くべきことに……何の異常もないのに、プラウド・ウルフが戦いたがっているらしい。

もしや『泳げなければ、海底を歩いてでも島に行く』などと言っていたエンシェント・ライノの根性論に影響でも受けたか？

だが、海でサメに襲われた時の反応を見た限り、そういうわけでもなさそうだよな。


うーん。

理由が思い浮かばない。

何か理解できない、不思議な現象が起こっている。


しかし俺にとって、プラウド・ウルフの提案は悪いものではない。

スラバードによる航空偵察は、この深すぎる森と相性《あいしょう》が悪い。

だからこそ、スライムたちを乗せて地上を高速で移動できるプラウド・ウルフたちの強みが際立《きわだ》つのだ。

プラウド・ウルフたちの機動力とスライムの索敵《さくてき》能力を組み合わせれば、島の状況の調査は一気に進むことだろう。

そのために、プラウド・ウルフたちを連れてきた面もあるしな。

『あ、でも俺じゃ勝てるとは限らないッスから、ヤバそうなのがいたら助けてほしいッス！』

……プラウド・ウルフらしい発言が聞けて、少し安心した。

もし『手を出さないでほしいッス！　自分の力でやるッス！』などと言われていたら、俺はステータスを無視してでもプラウド・ウルフを動物病院に連れていったことだろう。

まあ、この世界に動物病院なんてものがあるのかは知らないが。

『よし、分かった。じゃあ森を移動しながら、魔物探しをしてくれ。……慎重《しんちょう》にな』

『了解ッス！』

そう言ってプラウド・ウルフは、意気揚々《いきようよう》と森の中に入っていった。

……いつもこのくらい勇敢だったら、こいつも格好いいんだが。

とはいえ、臆病《おくびょう》だからこそ安全な行動がとれるという面もある。

あまりやる気がありすぎるのも、プラウド・ウルフ自身の安全という意味では考えものかもしれない。

いつも以上にしっかりと、『感覚共有』による監視をしなければならないな。

『……主よ、私も行ったほうがいいか？』

『エンシェント・ライノも頼む。……プラウド・ウルフからあまり離れないようにしてくれ』

『了解した』

探索効率だけ見れば、エンシェント・ライノとプラウド・ウルフには完全な別行動をとってもらったほうがいい。

だがプラウド・ウルフの行動は、普段とあまりに違いすぎる。

まるで人が変わったような……いや、魔物が変わったようなありさまだ。

これは流石《さすが》に、放っておくわけにもいかないだろう。

だから何かあったら対処できるように、エンシェント・ライノをつけておくというわけだ。

などと考えつつ俺は、プラウド・ウルフに強化魔法を転送していく。

『強化魔法……ありがたいッス！　頑張るッスよ！』

そう言ってプラウド・ウルフは、軽《かろ》やかに森の中を走っていく。

まるで魔物に全く警戒していないかのような足取りだが……ここはギルドが知る中でも屈指の危険地帯。

案の定プラウド・ウルフは、すぐに魔物に出会うことになった。

『出てきたッスね……』

森から姿を現したのは、ドミナス・ウルフ。

プラウド・ウルフと同じく、狼型《おおかみがた》の魔物だが……イビルドミナス島の魔物だけあって、プラウド・ウルフよりふた回りも大きい。
その体は、まるで鎧《よろい》のような筋肉に覆われている。

体格で劣るプラウド・ウルフだが、彼には俺の強化魔法がかかっている。
実質的な戦闘能力でいえば、そこまで劣りはしないような気がする。
本気で挑めば、勝てる可能性も十分あるだろう。

しかし、そこはプラウド・ウルフ。
簡単に勝てる相手と戦うことはあっても、互角以上の相手とは決して戦わないのが信条だ。
当然『魔法転送』を求める声が来ると思って、俺は『魔法転送』の準備をする。

だがプラウド・ウルフは、思いもよらない行動に出た。

『さあ見るッス、ユージさんの強化魔法の力を……！』

そう言ってプラウド・ウルフは、自分よりはるかに大きい敵に向かって駆け出した。

プラウド・ウルフは『ユージさんの強化魔法の力を……』などと言っているが、真《ま》っ直《す》ぐ敵に向かって突っ込んでいるのは彼自身の体だ。

『えー⁉』

『プラウド・ウルフ、自分で戦うのー⁉』

突然性格の変わったプラウド・ウルフに、スライムたちも驚きを隠せないようだ。

いつもは強い魔物を見かけると、下手をすればスライムの陰に隠れるような生き物なのだが……本当に何があったのだろう。

水泳で精神でも鍛わったのか？

「ウオオオォオン！」

もちろん敵も、黙ってプラウド・ウルフの攻撃を待つわけではない。

高らかに吠《ほ》えながら姿勢を低くして、プラウド・ウルフを迎え撃つ。

相手が格下だからこそ、万が一にも負ける可能性を排除する……そんな知性を感じさせる動

きだ。

さて……どうすべきだろうか。

いくらプラウド・ウルフ自身がやる気だとはいっても、彼の身を危険に晒《さら》すのは俺にとって好《この》ましいことではない。

しかし今のタイミングで攻撃魔法で横槍《よこやり》を入れるのも、逆にプラウド・ウルフの安全を損なうような気がする。

ここは一旦、様子を見てみるか。

もし負けそうだったら、結界か何かでプラウド・ウルフを隔離してから魔法で倒せばいい。

せっかくプラウド・ウルフがやる気を見せているのに、俺がその邪魔をしてしまうのもよくないしな。

そう考えて見守っていると……ドミナス・ウルフがプラウド・ウルフの首に噛《か》みつこうとした。

プラウド・ウルフは機敏に体をひねってそれをかわすと、逆にドミナス・ウルフの首に食らいつく。

そして……プラウド・ウルフの牙《きば》が、敵に深々と突き刺さった。

『体が大きいだけで……大したことないッスね！』

そう言ってプラウド・ウルフはドミナス・ウルフを軽々と持ち上げたかと思うと、手近な木に叩《たた》きつけた。

抵抗すらできず、ドミナス・ウルフは倒れる。

『……お前、こんなに強かったのか』

『ユージさんの強化魔法のおかげッス！』

マジかよ……。

あのビビりの魔物が、まるで別人のようだ。

イビルドミナス島での経験を積んだ冒険者は強くなるという話を聞いたことがあるが……魔物も同じなのだろうか。

それにしても、強くなるのが早すぎる気がする。まだ島に来て1時間も経ってないぞ。

……それとも元々強かったのが、島のおかげで開花したのか？

『さあ、どんどん行くッス！』

『プラウド・ウルフ、どうしたんだろう……？』

『なんか、かっこいいー！』

先程の戦闘も意に介さず、プラウド・ウルフはどんどん島の奥へと進んでいく。

探索係としては頼もしい限りだが……どうにも不思議な感覚が否《いな》めない。

不思議というより、もはや不気味《ぶきみ》だ。

しかしプラウド・ウルフがもし意識して勇気を出しているのだとしたら、その意思は尊重したい。

そう思って様子を見ている間に、プラウド・ウルフは島の魔物たちを次々と蹴散《けち》らしていく。

本人に戦う意思があるようなので、俺も強化魔法を可能な限りかけてはいるのだが……それにしても、大した戦いぶりだ。

そうして快進撃を続ける途中で……プラウド・ウルフが立ち止まった。

『あいつ……なんかヤバそうッス』

その視線の先にいるのは、先程と同じ種類の魔物……ドミナス・ウルフのように見える。
だがプラウド・ウルフが言う通り、その様子は今までに見たものとは明らかに違っていた。

目は充血し、赤く光っている。
息は荒く、血管が浮き上がっている。
見た目も違ったが……何より違ったのは、その行動だった。

「ガアアアアァァァ！」

ドミナス・ウルフは全体の傾向として、敵を見てもすぐに飛びかかったりせず、姿勢を低くしてじっくりと敵を待ち構えるような戦い方をする。

少なくとも今までに見たドミナス・ウルフは、全《すべ》てそうだった。

しかし今回は、何の工夫《くふう》もなく真っ直ぐプラウド・ウルフに突っ込んでいったのだ。

『隙《すき》だらけッス！』

普段のプラウド・ウルフならひるむところだが、今日の彼は一味違う。

大ぶりな一撃を簡単に見切り、間一髪でかわしたと思うと……無防備な首に噛み付いた。

「ガアアアァァ！」

ドミナス・ウルフは体をめちゃくちゃに振り回し、プラウド・ウルフを振り払おうとする。

先程と同じであれば、首に噛み付いたところで勝負がついたはずだが……。

『こ、こいつ……強いッス！　他のより全然硬いッス！』

そう言ってプラウド・ウルフは、敵から口を離した。

どうやらこの敵は、随分《ずいぶん》とタフなようだ。

『どうする？　魔法を転送するか？』

魔物を倒すのは元々、俺の仕事だ。

プラウド・ウルフが倒せないなら、魔法を転送すべきだろう。

高威力の魔法を使うために、プラウド・ウルフに一旦離れるよう指示しようとしたところで……

『主よ、あの魔物……呪《のろ》われていないか？』

『呪われてる？』

『ああ。……今戦っている狼からは、呪いの気配を感じる』

なるほど。

他のドミナス・ウルフと様子が違ったのは、呪いということか。

プラウド・ウルフが苦戦したのは、呪いに体を強化する効果があるからかもしれないな。

もしかしたら依頼にあった変異種というのは、この魔物のことかもしれない。

ならば対処は簡単だ。

『魔法転送——解呪《かいじゅ》・極《きわみ》』

俺が魔法を転送すると、ドミナス・ウルフが光に包まれた。

すると……ドミナス・ウルフの目や体が、島で見慣れたのと同じような様子に戻った。

これでプラウド・ウルフはいつも通り、簡単に勝てるはずだ。

そう思ったのだが……次に聞こえたプラウド・ウルフの声は予想外の、しかし聞き慣れたものだった。

『ひぃぃ！　なんか強そうな魔物がいるッス！　ユージさん、助けてほしいッス！』

……急にいつものプラウド・ウルフに戻ったな。

俺は少し安心したような気持ちを抱きつつ、プラウド・ウルフを助けてやることにした。

ビビったプラウド・ウルフが逃げ出したおかげで、魔法が撃ちやすい距離になったしな。

『魔法転送──火球』

転送対象は、プラウド・ウルフの背中に乗ったスライム──炎属性適正8を持ったスライムだ。

強化された火球は、敵を一撃で焼き尽くした。

それを眺めながら俺は、プラウド・ウルフに尋ねる。

『プラウド・ウルフ……さっきまでの勇敢さはどこにいったんだ?』

『分からないッス! なんでか分からないッスけど、急に戦いたくなってきて……どうかしてたッス!』

ふむ。

島に来てからの勇敢さは、プラウド・ウルフの意思ではなかったということか。

プラウド・ウルフが臆病に戻ったのは、ちょうど俺が『解呪・極』を使ったタイミングだな。

となると……プラウド・ウルフの勇敢さも呪いの一種で、『解呪・極』によってそれが解けたと考えるのが自然か。

まだ呪いと呼べるほど影響が大きくなかったから、ステータスにも表示されなかったのかもしれない。

そこまで考えたところで、俺はこの島に呼ばれるきっかけとなった依頼のことを思い出す。

依頼の内容は、この島で相次いで発見された魔物の変異種に関する調査だったな。

その『変異』というのが、この『呪い』のことだとすれば……これはなかなかまずいぞ。

何しろ呪いは、島についてから1時間も経っていないプラウド・ウルフにさえ影響をもたらしたのだ。

島に着いた直後はプラウド・ウルフも普通だったので、恐らく呪いは時間とともに進行していくのだろう。

初期症状はプラウド・ウルフが得たような勇敢さで、そこから目が赤く光ったり、体が強化されたりするわけだな。

この時間とともに進行する症状が、他の魔物にも同じように伝染するものだとしたら……今は普通の魔物も、これからどうなるかは分からない。

さっきの強化版ドミナス・ウルフが沢山現れるくらいなら、別に大した問題はない。

だが、決してそうとは言えないだろう。

何しろ島にはドミナス・ウルフよりずっと強い魔物が、いくらでもいるのだ。

その上、さっき出会ったドミナス・ウルフが、『最終形態』だとも限らない。放っておけばさらに呪いの影響が強まり、魔物としても強くなっていく……というのも、十分あり得る。

これは……かなりの緊急事態かもしれないな。

あとがき

アニメ化！

転生賢者の異世界ライフ、ついにアニメ化です！！

ユージとスライムたちが、アニメになります！

どんなアニメになるのか、私も今から楽しみです！


ちなみに、なんと『失格紋の最強賢者』も同時にアニメ発表で、ダブルアニメ化となります。

ダブルアニメ化……まさか自分がそんな発表をすることになるとは思ってもいませんでした！　ここまで来ることができたのは、関係者の方々と読者の皆様のおかげです。ありがとうございます。


……というわけで、本シリーズもついに８巻まで来ました。

アニメ化発表を見て来てくださった方々もいらっしゃると思うので、本シリーズの概要《がいよう》を軽く説明させていただきます。

本シリーズは、異世界に転生した主人公（と、その仲間のスライムたち）が、自分の力の異常さをあまり自覚しないまま無双《むそう》する作品です！

前巻までをお読み頂いた方はすでにおわかりの通り、本シリーズの軸《じく》は主人公無双です。その軸は8巻まで来ようと、1ミリたりとも動かす予定はありません！

その上で、主人公のユージたちがどう活躍するのかに関しては……ぜひ本編でご確認いただければと思います。

今回はあとがきが短めのため、謝辞《しゃじ》に入りたいと思います。

改稿などについて、的確なアドバイスをくださった担当編集の方々。

7巻までに引き続き、素晴《すば》らしい挿絵を描いてくださった風花風花《かざばなふうか》様。

漫画版を描いてくださっている彭傑《ポンジェー》先生、Ｆｒｉｅｎｄｌｙ　Ｌａｎｄの方々。

それ以外の立場から、この本に関わってくださっている全ての方々。

そしてこの本を手にとってくださっている、読者の皆様。

この本を出すことができるのは、皆様のおかげです。ありがとうございます。

8巻も、そしてアニメも、とても面白《おもしろ》いものをお送りすべく鋭意《えいい》製作中ですので、楽しみにお待ちください！

最後に宣伝《せんでん》を。

本作品と同時にアニメ発表になった『失格紋の最強賢者』の原作13巻、漫画14巻がこの本と同時発売になります！

こちらも主人公最強ものなので、興味を持っていただけた方はぜひ『失格紋』もよろしくお願いいたします！

それでは、また次巻で皆様とお会いできることを祈って。

進行諸島

GAノベル

転生賢者の異世界ライフ8
～第二の職業を得て、世界最強になりました～

2021年3月31日　初版第一刷発行

著者　進行諸島

発行人　小川 淳

発行所　SBクリエイティブ株式会社
〒106-0032　東京都港区六本木2-4-5
03-5549-1201　03-5549-1167(編集)

装丁　AFTERGLOW

印刷・製本　中央精版印刷株式会社

ISBN978-4-8156-0969-6
Printed in Japan

ファンレター、作品のご感想をお待ちしております。

〒106-0032　東京都港区六本木 2-4-5
SBクリエイティブ株式会社
GA文庫編集部 気付

「進行諸島先生」係
「風花風花先生」係

本書に関するご意見・ご感想は
下のQRコードよりお寄せください。
※アクセスの際に発生する通信費等はご負担ください。

https://ga.sbcr.jp/